Christoph Schmuck

Momente des Grauens

Christoph Schmuck

MOMENTE DES GRAUENS

Mit Illustrationen
von Dominik Jell

Community EDITIONS

Impressum

MOMENTE DES GRAUENS

Druckprodukt mit finanziellem Klimabeitrag
ClimatePartner.com/20273-2404-1017

MIX
Papier | Fördert gute Waldnutzung
FSC® C014496

1. Auflage

2024 Community Editions GmbH
Weyerstraße 88-90
50676 Köln

Text: © Christoph Schmuck
Illustrationen: © Dominik Jell
Hintergründe: Der Künstler, SOS-Zeichen: freepik.com/kjpargeter; Amokalarm, Elternhaus, Das Rohr im Wald, Die Vorführung, Zur Miete: freepik.com/vladimirpolikarpov; Der Sessellift, Weich, Das Rosenheim-Experiment, Briefe, Entrückung, Elternglück, Zwischentitel: freepik.com/mdmoinulhasan786; Spielen, Die Brücke: freepik.com/pavlep
Fotos: © Christoph Schmuck
Lektorat: Ruggero Leo
Layout, Design & Satz: Loreen Lampe
Projektleitung: Hanna Kirsch

Gesetzt aus der *Le Monde Livre Classic* von *Adobe Fonts.*

Gesamtherstellung:
Community Editions GmbH

ISBN 978-3-96096-434-6

Druck: GGP Media GmbH, Karl-Marx-Str. 24, 07381 Pößneck
Printed in Germany

www.community-editions.de

INHALTSVERZEICHNIS

SOS-ZEICHEN

Ich habe 30 Jahre lang in einem Rettungstrupp im Daisetsuzan-Nationalpark in Japan gearbeitet.

Unsere Aufgabe war stets simpel: Wenn ein Wanderer oder eine Wandergruppe sich verirrte, sind wir umgehend zu Boden und mit dem Rettungshelikopter ausgerückt, um die vermissten Personen zu retten. Im Laufe der Jahre wurde ich zu Hunderten Rettungsmissionen gerufen, die meisten verliefen glimpflich, und die Leute konnten schnell geborgen werden. Doch manchmal konnten wir die Verschollenen auch nach tagelanger Suche nicht aufspüren, und so gibt es bis heute unzählige Fälle von Wanderern, die im Nationalpark verschwunden sind. Immer wieder haben wir bei Suchaktionen seltsame Dinge beobachtet, doch es gab einen besonderen Fall, der mich selbst heute noch heimsucht, Jahre nach meinem letzten Einsatz. Ich möchte endlich der Welt erzählen, was wir damals geheim halten sollten.

Der Daisetsuzan-Nationalpark ist eigentlich ein wunderschönes Gebiet auf der Insel Hokkaido. Es gibt viele grüne Felder, blau schimmernde Seen, Flüsse und Wälder, die vor allem im Herbst in den buntesten Farben erblühen. Der Grund, aus dem jedoch die meisten Touristen kamen, war der Mount Asahidake, ein knapp 2.300 Meter hoher, ehemaliger Vulkan, der zentral im großen Areal des Parks steht und Jahr für Jahr unzählige Wanderer anzieht, die nur einen Wunsch haben: Sie wollen ihn erklimmen und von oben die Aussicht auf die atemberaubende Natur dieser Gegend genießen.

Der Aufstieg zur Spitze ist nicht ansatzweise zu vergleichen mit den Strapazen, die es erfordert, um beispielsweise den Fuji-san zu besteigen. Die Wege sind meist gut begehbar, und für unerfahrene Wanderer bietet die Parkleitung Führungen an. Doch obwohl es noch kompliziertere Berge in Japan gibt, so hat auch der Asahidake seine Tücken. Denn wenn man sich zuvor nicht mit der korrekten Route beschäftigt, sondern einfach blind drauflosläuft und meint, man wird den richtigen Pfad schon finden, dann landet man schnell abseits jeder Route in bewaldeten Flächen, an Abhängen oder in hohem Bambus, der einem die Sicht raubt. Wer nicht rechtzeitig umdreht, verläuft sich rasch in dieser Gegend.

Und immer, wenn das passierte und Angehörige der Parkwache meldeten, dass ihre Freunde und Verwandten noch nicht zurück seien und sie sich Sorgen machten, zogen wir los und gaben unser Bestes, die Verlorenen ausfindig zu machen.

Dafür brachen mehrere Suchtrupps gleichzeitig auf. Die ersten liefen die Wanderwege beim Mount Asahidake ab und folgten auch den vielen Trampelpfaden, die oft genug Wanderer auf eine falsche Fährte lockten. Ein weiteres Team suchte die Waldgebiete um den Berg herum ab. Da die Wälder sehr dicht waren, versuchte man häufig, die Vermissten durch Rufe ausfindig zu machen, eine gründliche Suche hätte schlichtweg zu lang gedauert. Und die dritte Gruppe flog mit den zwei Rettungshelikoptern die Gegend ab. Ich selbst gehörte zu dem Team, das die Rettung aus der Luft leitete und mithilfe von Ferngläsern vor allem Wiesenflächen und Abhänge absuchte.

Durch diese Aufteilung gelang es uns in den meisten Fällen, die verschwundenen Menschen zu finden und sie in eine nahe gelegene Rettungsstation zu bringen. Es gab mehrere dieser Stationen rund um den Berg, in die wir unverletzte Wanderer brachten, damit wir sie untersuchen, kleine Wunden verarzten und sie befragen konnten, was passiert war. Direkt danach wurden sie per Helikopter in ein Krankenhaus transportiert.

Doch nicht alle Rettungsaktionen verliefen so reibungslos. Immer wieder kam es vor, dass orientierungslose Wanderer Klippen hinunterstürzten und so ihren Tod fanden. Für diese Leute kamen wir zu spät. Ihre leblosen Körper lagen meist wie weggeworfen auf Felsen und hatten tiefe Kratzspuren am ganzen Leib – an diesen Anblick war ich inzwischen gewöhnt.

Aber manchmal fanden wir die Vermissten auch einfach gar nicht. Während meiner 30 Jahre im Rettungstrupp gab es 22 Fälle, in denen wir die Verschwundenen nicht aufspüren konnten. 16 dieser Fälle wurden im Laufe der Zeit aufgeklärt, als man auf Knochen und andere Überreste dieser Menschen stieß. Teilweise mussten sie schreckliche Dinge erlebt haben, bevor sie an Dehydrierung oder anderen Verletzungen starben. Beispielsweise fanden wir Knochen, die Biss- und tiefe Kratzspuren aufwiesen. Vermutlich waren sie Opfer des Ezo-Bären geworden, der in dieser Gegend gelegentlich gesichtet wird. Ein Zusammentreffen mit ihm endet meist tödlich, diese Erfahrung hat zumindest die Forstleitung im Laufe der Jahre gemacht. Gesehen habe ich so einen Bären glücklicherweise nie.

Die restlichen Fälle jedoch sind ungeklärt, was letztendlich nur bedeutet, dass wir bis heute keine Überreste der Menschen finden konnten und sie eventuell auch niemals finden werden.

Ein Fall, der mir besonders nahegging, trug sich im Jahr 1983 zu. Damals wurde ein junger Japaner namens Osamu Ito von seinen Eltern vermisst gemeldet. Er war gerade einmal 20 und wollte alleine den Berg besteigen. Er hatte nur ein wenig Verpflegung dabei, Wasser und ein paar Schokoriegel, nichts, was ihn für längere Zeit am Leben gehalten hätte.

Damals suchten wir die ganze Gegend ab, schafften es aber einfach nicht, ihn zu finden. Es war meine Aufgabe, seinen Eltern mitzuteilen, dass wir nach der erfolglosen Suchaktion keine Informationen über seinen Verbleib hatten und es am wahrscheinlichsten wäre, dass Osamu tot sei.

Die schmerzverzerrten Schreie seiner weinenden Mutter werde ich nie vergessen. Ein Schmerz, der bis heute nicht durch Antworten gelindert werden konnte. Doch auch wenn ich mich von Zeit zu Zeit an diesen Fall erinnere, verblasst er im Vergleich zu meinem schlimmsten Einsatz.

Es war ein heißer Juli im Jahr 1989, als wir in unserer Rettungsstation saßen und Wache hielten. Der Tag wirkte wie jeder andere auch, wir hatten glücklicherweise nicht viel zu tun, bis plötzlich das Telefon klingelte.

Mit 55 Jahren war ich der Dienstälteste und nahm die Anrufe entgegen. Wenn die Jüngeren dies taten, vergaßen sie manchmal, wichtige Details zu erfragen, und jede fehlende Information kann in diesen Momenten über Leben und Tod entscheiden.

Relativ entspannt nahm ich den Hörer ab und nannte meinen Namen sowie die Rettungsstation, in der ich mich befand. Nicht jedes Mal, wenn das Telefon klingelte, ging es um einen Rettungseinsatz. Manchmal wollte auch einfach die Forstleitung organisatorische Dinge klären. Doch als ich den Anruf diesmal annahm, hörte ich sofort die weinende Stimme einer jungen Frau, die vermutlich von der Forstleitung direkt zu uns durchgestellt worden war.

Ohne sich vorzustellen, sagte sie umgehend, ihr Freund sei zum Wandern in den Nationalpark gegangen und wollte eigentlich vor vier Stunden zurückgekommen sein. Sie machte sich große Sorgen um seinen Verbleib und wollte daher eine Suche einleiten lassen.

Ich erfragte gleich die notwendigen Informationen: Name des Vermissten, sein Alter, Aussehen, welche Kleidung er trug und welche Ausrüstung er dabeihatte. Zum Schluss versuchte ich herauszubekommen, welchen Routen der Vermisste hatte folgen wollen. Doch meist teilten Wanderer solche Details ihren Freunden und Verwandten nicht mit.

Manche würden vielleicht sagen, vier Stunden seien noch keine allzu lange Zeit, und man müsse nicht direkt in Panik verfallen. Doch wenn jemand verschwindet, besonders in Regionen mit potenziell gefährlichen Tieren, dann ist jede Minute lebenswichtig! Daher versicherte ich der Frau am Telefon, dass ich alles in meiner Macht Stehende tun würde, um ihren Freund zu retten, einen 28-jährigen Mann namens Ken Yamamoto.

Nach dem Telefonat alarmierte ich die anderen Rettungsstationen, und mehrere Suchtrupps wurden losgeschickt, um den Verschwundenen ausfindig zu machen. Auch wir stiegen umgehend in unseren Helikopter, um die Gegend zu durchkämmen. Obwohl die Frau am Telefon nicht genau sagen konnte, was für Kleidung ihr Freund trug, war sie sich glücklicherweise sicher, dass er eine orangene Strickjacke anhatte. Ohne die verließe er selten das Haus, und sie könnte sie auch nicht im Kleiderschrank finden. Oft genug verschwinden Leute, so wie Osamu, und sind dann auch noch in dunklen Braun- und Grüntönen gekleidet, was ihre Rettung zusätzlich erschwert. Ein helles Orange würde sich zu dieser Jahreszeit gut in der Wildnis abzeichnen.

Als wir mit der Suche begannen, hatten wir große Hoffnung, Ken schnell aufspüren zu können. Schließlich konnte er in vier Stunden nicht sonderlich weit gekommen sein. Doch während die Zeit verstrich und die Dämmerung nahte, wurde seine Rettung unwahrscheinlicher, zumindest an diesem Tag.

Wir flogen zurück zur Rettungsstation, wo wir uns neu ordnen und überprüfen wollten, welche Areale wir am nächsten Tag abfliegen würden. Die Bodentrupps suchten auch in der Dunkelheit noch einige Zeit weiter, einfach in der Hoffnung, eine Taschenlampe oder ein Feuer zu erkennen, das auf Kens Verbleib hindeuten würde. Doch leider fand niemand eine Spur des jungen Mannes.

In dieser Nacht machte ich kein Auge zu. So wie immer, wenn wir jemanden nicht finden konnten und er weiterhin draußen umherirrte. Ich weiß noch genau, dass ich mich damals damit zu beruhigen versuchte, dass ich die Wetterdaten überprüfte und sah, dass wir eine milde Nacht haben würden, mit Temperaturen nicht unter 15 Grad. Auch wenn ich mir immer wieder sagte, dass es ihm vermutlich gut ging, beruhigte mich das nicht wirklich.

Am nächsten Tag, direkt bei Sonnenaufgang, starteten wir den zweiten Versuch, Ken zu finden. Erneut brachen mehrere Bodentrupps auf, und auch wir stiegen wieder in unseren Helikopter.

Zunächst flogen wir nochmals die Strecken ab, auf denen wir die meisten Verirrten aufgelesen hatten, die nach wie vor den Weg in bekanntes Terrain suchten. Zudem überflogen wir die Flussläufe, deren Fließrichtung viele Verirrte folgen, um in die Zivilisation zurückzukehren. Doch auch an diesem Tag vergingen die Stunden ohne ein Lebenszeichen. Ich hoffte, wir würden über mein Walkie-Talkie die Meldung bekommen, dass Ken von den Bodentrupps gefunden worden war, doch die meiste Zeit schwieg das Gerät in meiner Tasche, während ich mit dem Fernglas penibel alles absuchte.

Es waren bereits um die vier Stunden vergangen, und unserem Hubschrauber ging allmählich der Treibstoff aus. Wir flogen gerade an der Westseite des Mount Asahidake entlang, eine Gegend, in die sich die wenigsten Wanderer verirren, und ich war bereit, dem Piloten das Zeichen zum Abbruch der Suche zu geben.

Doch gerade als ich das Fernglas absetzte und mit bloßen Augen auf eine kleine Rasenfläche zwischen zwei Waldstücken sah, stockte mir der Atem.

Einige junge, gefällte Birkenstämme bildeten auf der Lichtung den Code „SOS“. Das war ein Hilferuf! Jemand dort unten brauchte unsere Hilfe.

Umgehend zeigte ich dem Piloten das SOS-Zeichen. Da die Lichtung zu wenig Platz zum Landen bot, gingen wir knapp außerhalb des Waldes herunter. Inständig betete ich, dass Ken bei dieser Lichtung geblieben war. Ein paar Momente vergingen, in denen ich mich ungeduldig umsah, dann kam plötzlich jemand aus dem Wald. Die Gestalt beobachtete uns, während sie ein paar zaghafte Schritte aus dem Geäst hervortrat und stehen blieb.

Es ist mir nicht möglich, in Worte zu fassen, welche Erleichterung ich in diesem Moment empfand. Denn als ich durch das Fernglas hinübersah, erkannte ich, dass tatsächlich Ken dort stand.

Während die lauten Rotoren langsam verstummten, rief ich ihn. Ich rief seinen Namen, winkte und sagte, wir seien sein Rettungsteam, und er solle zu uns kommen. Schließlich ließ Ken seine anfängliche Vorsicht fallen und kam auf uns zu. Bei uns angekommen, konnte ich nicht anders, als ihn zu umarmen. Zu wissen, dass man jemandem nicht helfen kann, ist das Schmerzhafteste an meinem Beruf. Ihn nun vor mir zu haben und zu wissen, dass alles gut gegangen war, beruhigte mich.

Als ich ihn umarmte, spürte ich, wie kalt er war.

Er trug ein leicht zerrissenes grünes T-Shirt und eine braune Khakihose. Beide sahen ziemlich alt und schmutzig aus. Ich ging davon aus, dass er die orangene Jacke irgendwo liegen gelassen oder vielleicht doch nicht mitgenommen hatte.

Als ich ihn ansah, wirkte er etwas neben der Spur, vermutlich war er völlig ausgelaugt und dehydriert. Die meisten Menschen, die wir retten, sind anfangs entkräftet, da sie durchgehend umhergewandert sind, in der Hoffnung, einen Ausweg zu finden. Dabei bemerken sie oft nicht, wie kräftezehrend dieses Umherstreifen wirklich ist.

Wir stiegen gemeinsam in den Helikopter und flogen zur nächstgelegenen Rettungsstation. Vor Ort warteten bereits drei Kollegen, die ich per Walkie-Talkie alarmiert hatte. Ich hatte ihnen schon beim Start mitgeteilt, dass wir Ken gefunden hatten und sie den zweiten Helikopter schon startklar machen sollten, damit Ken ins Krankenhaus transportiert werden könnte. Unser Hubschrauber hätte diese weite Strecke mit der restlichen Tankfüllung nicht mehr geschafft.

Während des kurzen Flugs zur Station sagte ich nur zu Ken, dass er sehr klug gehandelt habe. Ohne sein SOS-Zeichen wäre es uns nicht möglich gewesen, ihn ausfindig zu machen, und er wäre an diesem Tag definitiv nicht mehr gerettet worden.

Ich rechnete damit, dass meine Worte Ken stolz machen würden, doch er sah mich nur verwirrt an. Daraufhin fragte ich ihn, was los sei, und er erwiderte: „Welches SOS-Zeichen?“

Ich antwortete ihm, dass er doch ein großes SOS-Zeichen gebaut hatte, um uns auf ihn aufmerksam zu machen. Aber auch diese Aussage schien Ken zu verwundern. Er sah nachdenklich aus und wendete den Blick von mir ab. Neugierig hakte ich nach, ob er das SOS-Zeichen wirklich nicht gebaut habe, und er sagte nur: „Nein. Das war ich nicht."

Bei seiner Antwort blieb mir fast das Herz in der Brust stehen. Zwar freute ich mich, dass wir Ken gerettet hatten, aber wenn er dieses SOS-Zeichen nicht gebaut hatte, wer dann? Falls Ken wirklich nur zufällig bei der Lichtung war und unseren Helikopter hörte, bedeutete das, dass dort unten noch jemand nach Hilfe rief und uns brauchte! Oder dass wir es mit den Überbleibseln eines vergangenen Falls zu tun hatten.

So oder so, wir mussten es überprüfen.

Den restlichen Flug schwiegen wir uns bloß an. Meine Gedanken rasten, und mir war klar, wir würden gleich wieder losfliegen müssen, solange die Sonne noch schien.

Falls noch jemand, der nicht als vermisst gemeldet worden war, in der Wildnis ausharrte, mussten wir ihn umgehend retten!

Nach gut zehn Minuten kamen wir an der Station an. Ich fragte Ken, ob es ihm gut gehe oder er dringend medizinische Hilfe bräuchte. Er sagte, dass alles gut sei und ihm nichts fehle. Auf die Antwort hatte ich gehofft, denn das bedeutete, dass Ken noch für einige Stunden in der Station bleiben konnte und nicht gleich ins Krankenhaus gebracht werden musste. Das verschaffte uns die Zeit, um mit dem anderen Helikopter zurück zum SOS-Zeichen zu fliegen.

Ich wies meine Mitarbeiter an, ihm Wasser und Verpflegung sowie warme Kleidung zu geben. Danach sollten sie seine Freundin anrufen. Ihre Telefonnummer hatte ich zuvor auf einen Zettel geschrieben.

Zuversichtlich klopfte ich Ken auf die kalte Schulter, sagte ihm, dass er sich gut geschlagen habe, und ging mit unserem

Piloten zum nächsten Hubschrauber. Die Rettungsmission war noch nicht vorbei.

Wortlos flogen wir beide zurück zum SOS-Zeichen. Mein Plan war folgender: Ich wollte auf der gleichen Wiese landen wie zuvor und dann zum SOS-Zeichen vordringen, um es genauer zu inspizieren. Falls die Enden der gefällten Bäume vertrocknet waren oder es andere Spuren von Alterserscheinungen gäbe, dann lagen sie bereits seit langer Zeit dort, und wir hatten sie bisher stets übersehen.

In dem Fall wäre keine akute Rettungsaktion notwendig, und wir würden am nächsten Tag eine Bergungsmission ins Leben rufen, um nach den Überresten des Erbauers zu suchen. Sollten die Baumstümpfe jedoch frisch aussehen, war derzeit jemand in der Nähe und brauchte Hilfe. Und dann würde weiterhin jede Sekunde zählen.

Wir landeten ohne Schwierigkeiten direkt am Waldrand, der uns von der Lichtung mit dem SOS-Zeichen trennte. Ich sagte meinem Piloten, dass er erst einmal im Helikopter warten solle, da wir eventuell gleich wieder zurückfliegen würden. Dann marschierte ich die wenigen Minuten durch den dichten Wald, bis die Bäume schlagartig einer Lichtung wichen. Vor mir lag das SOS-Zeichen. Wie erwartet bestand es aus abgeschlagenen, jungen Birkenstämmen mit einem Durchmesser von vielleicht elf Zentimetern, die taktisch zu einem SOS-Zeichen drapiert waren. Vermutlich hatte der Hilfesuchende unsere Rettungshelikopter gesehen und gehofft, mit dem Zeichen unsere Aufmerksamkeit zu erregen. Als ich jedoch in die Hocke ging und mir die Baumstämme genauer ansah, schlug mein Herz schneller. Das Holz an den Enden war frisch, noch leicht feucht und hell. Es war nicht vertrocknet und keine Monate oder gar Jahre alt. Von wem auch immer dieses Zeichen stammte, er hatte es vor wenigen Tagen gebaut. Die Person musste also noch hier sein und brauchte unsere Hilfe!

Umgehend alarmierte ich meinen Piloten über das Walkie-Talkie und sagte ihm, dass er ebenfalls die Gegend ringsum absuchen sollte. Vielleicht würde er ja irgendeine Spur finden, die uns zum Erbauer führen könnte. Es verwunderte mich, wieso die Person das Zeichen zwar errichtet hatte, aber scheinbar nicht zu unserem Helikopter gekommen war. Die Maschine war ziemlich laut und auf mehrere Hundert Meter Entfernung zu hören. Wäre die Person hier im Wald, hätte sie sich zeigen müssen. Oder zumindest durch Rufe auf sich aufmerksam machen sollen. Es sei denn, dass diese Person körperlich nicht mehr in der Lage dazu war.

Insgesamt sieben junge Birken musste der unbekannte Vermisste gefällt und zerlegt haben. Anhand der unsauberen Enden schien er sie mit einem spitzen Stein durchgehackt und zerbrochen zu haben. Das erforderte einen immensen Kraftaufwand, es könnte durchaus sein, dass er jetzt irgendwo in einem Unterschlupf lag und kaum noch genug Kraft zum Atmen hatte, geschweige denn, um nach Hilfe zu rufen.

Wer auch immer für dieses SOS-Zeichen verantwortlich war, musste hier im Wald sein. Niemand würde sich so viel Mühe für einen Hilferuf geben, nur um diesen Ort gleich wieder zu verlassen.

Ich griff zu meiner Taschenlampe, schaltete sie ein und ging auf den Wald zu. Auch wenn die Sonne noch hoch am Himmel stand und wir einige Stunden Tageslicht haben würden, waren die Mischwälder in diesem Nationalpark so dicht bewachsen, dass jedes Licht hilfreich wäre.

Vorsichtig wanderte ich durch den Wald und rief immer wieder, ob mich jemand hören könne und Hilfe brauche. Doch egal, wie oft ich rief, nie kam eine Antwort. Durch meinen Kopf geisterten erneut die Bilder von den toten Wanderern, die ich in meiner Karriere schon hatte sehen müssen, und ich hoffte inständig, dass heute kein weiterer dazukäme.

Während ich über Laub und Moos schritt, sah ich plötzlich etwas, das nicht in die Natur zu gehören schien. Ich ging näher heran und fand einen Rucksack in Khakifarben auf dem Boden. Er wirkte relativ neuwertig, lag also vermutlich erst wenige Tage hier. Mich wunderte, dass er scheinbar weggeworfen worden war. Das war etwas seltsam, da Rucksäcke für verirrte Wanderer extrem hilfreich sein können.

Als ich ihn vorsichtig öffnete und nach einem Portemonnaie mit einem Ausweis suchte, wurde meine Hoffnung schnell zunichtegemacht.

Im Inneren befand sich lediglich eine leere Wasserflasche, ein scharfkantiger Stein sowie ein Walkman. Viele Wanderer hatten damals, bevor es Smartphones und MP3-Player gab, Walkmans mit Aufnahmefunktion bei Wanderungen dabei, um nebenbei Musik zu hören. Der Stein ließ mich vermuten, dass der Rucksack dem unbekannten Erbauer gehören musste.

Sosehr ich mich auch freute, diese Besitztümer zu finden, gab es dennoch weiterhin kein Lebenszeichen von ihm. Ich sah mir den Walkman genauer an und drückte beim Versuch, die Kassette herauszubekommen, auf die Abspieltaste.

Ich rechnete damit, dass mir nun irgendwelche Poplieder oder Animesongs entgegentönen würden, doch stattdessen hörte ich etwas anderes. Aus dem kleinen Gerät kam in einer miserablen Qualität die aufgezeichnete Stimme eines jungen Mannes, den ich nicht kannte. Er schrie einfach nur unsagbar laut immer wieder „Hilfe! Hilfe! Hilfe!", und irgendwann endete die Aufzeichnung und die teilweise überspielten Songs der Kassette erklangen blechern.

Die schreiende Stimme hatte mich kurz schockiert, doch hatte ich auch hier eine Vermutung, was das zu bedeuten hatte.

Wahrscheinlich hatte der Vermisste seine Hilferufe aufgezeichnet, um sie immer wieder abzuspielen und so seine Stimme und seine Kräfte zu schonen, statt durchgehend wie ein Wahnsinniger herumzuschreien.

Ich nahm das Audiogerät mit und ließ den Rest an einem Baum hängend zurück. Zusätzliches Gewicht konnte ich, vermutlich wie der Vermisste, nicht gebrauchen.

Nach weiteren 20 Minuten, in denen ich die direkte Umgebung um den Rucksack absuchte, entdeckte ich etwas, das mir große Sorge bereitete.

Auf einigen Blättern und Steinen waren getrocknete Blutspritzer zu sehen. Sie stammten anscheinend von einer stark blutenden Wunde. Doch statt sie zu verbinden, schien der Verwundete sich tiefer in den Wald hinein bewegt zu haben. Nach einer kurzen Suche konnte ich anhand der Blutspritzer sogar bestimmen, in welche Richtung der Verwundete gegangen sein musste. Was mich aber verunsicherte, war, dass sich die Spritzer, obwohl die Wunde scheinbar groß sein musste, in relativ weiten Abständen zueinander auftraten. Jemand mit so einer schweren Verletzung würde für gewöhnlich eher langsam gehen. Diese Person jedoch schien regelrecht gerannt zu sein.

Rasch folgte ich der Spur, denn wenn jemand verletzt war, dann hatte ich keine Zeit mehr zu verlieren. Wieder und wieder rief ich, ob jemand da sei und mich hören könne, erhielt jedoch keine Antwort. Es waren nur meine schnellen Schritte auf dem von Blättern übersäten Waldboden zu hören.

Ich fragte mich, wie weit ich wohl laufen müsste und was am Ende der Spur auf mich warten würde, doch dann sah ich etwas, was mich umgehend zum Anhalten bewegte.

Einige Meter von mir entfernt lag jemand auf dem Boden. Mit dem Gesicht voran lag die Gestalt still da, umgeben von altem Laub und Stöcken.

Sie rührte sich nicht, und ich ahnte, dass ich gar nicht erst nach ihr zu rufen bräuchte, da ich vermutlich keine Antwort erhalten würde.

Diese Person war tot.

Was mich aber zusätzlich verunsicherte, war, was der Tote am Körper trug. Denn der Grund, warum ich ihn gut erkennen konnte, war seine orangene Strickjacke.

Langsam ging ich auf ihn zu, und je näher ich kam, desto bewusster wurde mir, dass hier etwas Grausames passiert sein musste. Überall um den Körper herum war Blut. Eine große Lache war ins Laub geflossen und befleckte an mehreren Stellen auch seine Kleidung.

Als ich direkt bei ihm war, erkannte ich, dass er unnatürliche Verletzungen aufwies. Die Jacke war teilweise zerrissen. An seinen unbedeckten Beinen sah ich große Bisswunden, und der Körper war von Kratzspuren übersät.

Die tiefen Kratzer ähnelten den Wunden, die wir im Normalfall dem Ezo-Bären zuschreiben würden, die Bissspuren hingegen schienen nicht von einem Bären zu stammen. Sie glichen eher denen eines Menschen oder Affen mit einem breiten, riesigen Kiefer. Was auch immer ihm diese Wunden zugefügt hatte, war definitiv nicht normal gewesen.

Ich atmete noch einmal tief durch, dann drehte ich den Toten um, um mir seine Vorderseite anzusehen. Bei dem Anblick, der sich mir nun bot, verstand ich die Welt nicht mehr. Ich war mir sehr sicher gewesen, dass es sich um den unbekannten Vermissten handeln musste. Um den Mann, der das SOS-Zeichen arrangiert hatte. Was ich stattdessen sah, stellte jedoch alles infrage.

Der Mann, der blutverschmiert und mit klaffenden Wunden am Boden lag, sah exakt so aus wie der Mann, den wir vorhin aus dem Wald gerettet hatten.

Vor mir lag Ken, sein Gesicht war deutlich zu erkennen.

Ich hatte das Gefühl, in einem Albtraum zu sein, aus dem ich hoffentlich jede Sekunde erwachen würde. Doch dem war nicht so.

Die orangene Jacke, seine recht sauber und neu aussehenden Klamotten und sein Gesicht. Vor mir lag ohne Zweifel Ken.

Aber wenn das Ken war, wer war dann die Person, die wir vorhin mitgenommen hatten und die jetzt in der Rettungsstation auf unsere Rückkehr wartete?

Während ich so grübelte, fielen mir seltsame Details auf, die ich zuvor kaum beachtet hatte. Seine uralt wirkenden, dreckigen Klamotten, seine eiskalte Körpertemperatur, obwohl es sommerlich warm war, und seine merkwürdig ruhige Art, als wir ihn „retteten“. Was, wenn dieses Wesen überhaupt nicht menschlich war, sondern nur das Aussehen einer fremden Person annehmen konnte?

Als mir diese Erkenntnis durch den Kopf schoss, griff ich umgehend nach meinem Walkie-Talkie und funkte die Rettungsstation an. Leise fragte ich zunächst nach, ob jemand da sei und mir antworten könne. Doch statt einer Antwort hörte ich nur ein statisches Rauschen.

Als mir auch nach dem dritten Versuch niemand antwortete, rief ich lediglich ins Gerät, dass sie vorsichtig sein sollten, weil der Gerettete, wie ich ihn nannte, nicht das sei, was er vorgab zu sein.

Ich hoffte, dass meine Kollegen mich hören würden und ich so etwas Schlimmeres verhindern konnte. Es war offensichtlich, dass für Ken jede Hilfe zu spät kam, daher musste ich nun für mein Team da sein.

Ich drehte mich um und rannte in die Richtung zurück, aus der ich gekommen war. Ich musste schnellstmöglich zum Helikopter und funkte meinen Piloten an, er solle die Maschine schon einmal starten. Wir würden umgehend zurückfliegen. Während ich auf den Rand des Waldes zurannte hörte ich bereits den lauten Motor des Hubschraubers, kurz darauf erreichte ich ihn und stieg ein. Wir hoben ab, und obwohl der Flug nicht lange dauerte, erklärte ich meinem Piloten, dass ich befürchtete, es mit einem übernatürlichen Phänomen zu tun zu haben. Er schien besorgt, aber auch etwas skeptisch zu sein. Doch der Fakt, dass er die Kollegen ebenfalls nicht erreichen konnte, gab genug Grund zur Sorge.

Wir landeten auf einem der Helikopterlandeplätze der Station, direkt neben dem Hubschrauber mit dem fast leeren Tank.

Wir stiegen aus und liefen zur Eingangstür, nur dass diese bereits offen stand. In den nächsten Minuten zog alles wie im Delirium an mir vorbei.

Ich weiß noch, dass wir hineinrannten, bereit, das Ding zu konfrontieren, das wir selbst in die Basis gebracht hatten.

Doch wir bemerkten schnell, dass im Inneren niemand mehr war. Zumindest niemand, der am Leben gewesen wäre.

In der verwüsteten Station lagen die blutigen Leichen unserer Kollegen brutal ermordet auf dem Boden. Ihre Knochen waren gebrochen, Körperteile waren verdreht, und manche wiesen die gleichen Kratz- und Bissspuren auf wie zuvor die Leiche im Wald.

Alle meine Kollegen waren tot, doch von dem Wesen fehlte jede Spur. Wir vermuteten, dass es durch die offene Tür zurück in den Wald geflohen war. An den Ort, der schon so lange sein Versteck war.

Ich meldete der Parkleitung, dass ich die Polizei anrufen wollte, da dieses Wesen gefasst werden müsse. Doch mein Vorgesetzter lehnte prompt ab. Er sagte nur, niemand dürfe erfahren, was sich wirklich in den Nationalparks versteckt hielt.

Ich versuchte, mit ihm zu diskutieren, doch all meine Sorgen schmetterte er ab, teils unter Drohungen. Er sagte mir, dass dieser Befehl nicht von ihm komme, sondern von höherer Stelle. Die Behörden wüssten bereits Bescheid.

Der ganze Vorfall wurde unter den Teppich gekehrt, und die Tode meiner Kollegen wurden einem Bären zugeschrieben, der in die Station eingedrungen war.

In den kommenden Wochen erhielt ich die zusätzliche Aufgabe, vermehrt Schilder aufzustellen, die vor Bärenangriffen warnten, obwohl ich genau wusste, dass die Maßnahme allein dazu diente, die wahre Gefahr dieser Wälder zu verschleiern. Was mich besonders anwiderte, war, dass ich auch Kens Freundin mitteilen sollte, dass ihr Freund ebenfalls bei dem Bärenangriff in der Station gestorben sei. Auch sie musste ich anlügen und konnte ihr nicht die Wahrheit über die Geschehnisse an diesem Tag erzählen. Doch nachdem ich diese Lüge im Beisein meines Vorgesetzten vorgetragen hatte, sagte sie nur, sie sei sich absolut sicher, dass die Person, die wir in der Station hatten, nicht ihr Freund gewesen sei. Seine Stimme und Betonung habe völlig anders geklungen.

Vermutlich hatte die Gestalt es nicht geschafft, in der kurzen Zeit Kens Stimme perfekt zu imitieren, sofern sie sie überhaupt je richtig gehört hatte. Ich glaube, die Stimme auf dem Walkman, welchen ich bis heute aufbewahrt habe, gehörte dem echten Ken, die Stimme hingegen, mit der die Kreatur sprach, muss einem vorherigen Opfer gehört haben. Das Schlimmste aber war, dass Kens Freundin mir sagte, sie glaube nicht, dass ihr Freund tot sei, und wir sollten unbedingt weiter nach ihm suchen.

Von meinem Fund im Wald konnte ich ihr nicht erzählen, da sonst die Lüge aufgefallen wäre.

Viele Jahre lang habe ich Stillschweigen über diesen Tag bewahrt. Doch der Vorfall quält mich bis ins hohe Alter. Bis heute denke ich daran, dass ich beim verzweifelten Versuch, einen Menschen zu retten, dafür verantwortlich war, dass meine Kollegen auf grausame Weise umkamen.

Und wegen meiner Lüge frage ich mich, wie viele Menschen ich wohl noch auf dem Gewissen habe.

SPIELEN

Noch heute denke ich oft an einen Vorfall aus meiner Kindheit, der sich wohl für immer in meine Erinnerungen eingebrannt hat.

Ich war damals zehn Jahre alt und um, ehrlich zu sein, ziemlich verknallt in ein Mädchen meiner Klasse. Sie hieß Lilly Benoir und wir waren bereits vor der Schulzeit befreundet gewesen. Das lag einfach daran, dass wir nur zwei Straßen voneinander entfernt wohnten. Da es in der Nähe keine anderen Kinder in unserem Alter gab, war es nur logisch, dass wir miteinander spielten, wenn uns langweilig war.

Und das lief immer gleich ab, einer rief den anderen an und fragte, ob man nicht „spielen gehen" will. Und fast immer lautete die Antwort „Ja", und wir trafen uns auf einem Spielplatz oder im Haus meiner Eltern. Es klingt vielleicht komisch, aber in all den Jahren, die wir befreundet waren, war ich nur zwei Mal bei Lilly zu Hause, und sie selbst wollte am liebsten stets von dort fort, um woanders zu spielen.

Lilly kam aus schwierigen Familienverhältnissen. Sie lebte allein mit ihrer Mutter: Margot Benoir. Eine Frau in den Vierzigern, die bekannt dafür war, Probleme zu machen. Mehrfach kam die Polizei bei Lilly vorbei, um nach dem Rechten zu schauen, da Nachbarn Schreie aus dem Haus der Benoirs gehört hatten. Auch kam die Mutter nie zu Elternabenden und verbrachte stattdessen so manchen Abend stark betrunken in einer Kneipe.

Jedes Mal, wenn das Jugendamt eingeschaltet wurde, passierte nicht sonderlich viel. Meistens dauerte es Tage, bis die Beamten bei Lilly auftauchten, und selbst dann gaben sie sich keine große Mühe herauszufinden, was im Haus vor sich ging. Zwar besichtigten die Beamten das Haus und fragten Lilly nach ihrem Befinden, danach jedoch fuhren sie einfach davon.

Meine Vermutung ist, dass Lilly ihnen, warum auch immer, nie die ganze Wahrheit erzählt hat. Mir zeigte sie aber im Geheimen die blauen Flecken an den Beinen, die sie durch Tritte bekommen hatte. Ihre Mutter achtete gut darauf, dass keine Verletzungen sichtbar waren, und Lilly spielte mit, wahrscheinlich aus Angst. Sie hatte auch nicht sonderlich viele Möglichkeiten, sich zu wehren. Sie erzählte mir einmal, dass sie ihre Mutter blutig gekratzt hatte, als die den Arm ihrer Tochter so fest gepackt hielt, dass Lily dachte, er würde brechen. Daraufhin war Frau Benoir nur noch wütender geworden und hatte Lilly ohne Essen und Trinken in ihrem Zimmer eingesperrt. Zwei Tage sollte Lilly dort ausharren, ob sie das überleben würde, war ihrer Mutter egal. Doch glücklicherweise hatte Lily mich von ihrem Zimmer aus angerufen und mich gebeten, ihr zu helfen. Während sie eine Gefangene in ihrem eigenen Haus war, stieg ich abends auf mein Fahrrad und fuhr mit den Resten unseres Mittagessens und zwei großen Flaschen Wasser im Rucksack zu ihr. Lillys Zimmerfenster hatte einen kaputten Schließmechanismus, der das Fenster zwar bei leichtem Wind und Regen dicht hielt, aber sobald man von außen Druck auf den Rahmen ausübte, sprang es auf.

Normalerweise hasste Lilly diesen Defekt, denn wenn draußen ein Gewitter herrschte und kräftige Böen auf die Fensterscheibe drückten, flog das Fenster auf, und Blätter und sogar Zweige prasselten hinein, vom Regen ganz zu schweigen. An jenem Tag jedoch kam mir das kaputte Schloss gelegen, da ich ihr das Essen und Wasser hineinreichen könnte, ohne vorher laut an die Scheibe klopfen zu müssen.

Nachdem ich das Fenster aufgedrückt hatte, flüsterte ich ihren Namen, um ihr zu signalisieren, dass ich da war. Ich weiß noch, wie schwach sie aussah, als sie daraufhin aus dem hölzernen Schrank in ihrem Zimmer stieg und vorsichtig herauskam. Aus ihren Erzählungen weiß ich, dass sie sich oft in diesem Schrank versteckte, wenn ihr alles zu viel wurde. Er gab ihr wohl das trügerische Gefühl von Schutz, nach dem sie sich so sehr sehnte. Als sie mir damals die Tüte mit dem Essen aus der Hand nahm, sah ich ihre trüben, verweinten Augen, und doch entging mir das hoffnungsvolle Funkeln darin nicht. Die Hoffnung, dass sich alles zum Guten wandeln würde und sie nur durchhalten musste.

So schrecklich es auch klingen mag, aber wenn Lilly sich gegen ihre Mutter wehrte, erging es ihr nur noch schlechter. Darum steckte sie alles ein und hoffte auf eine baldige Rettung, sobald sie alt genug wäre. Und ich gab alles, um für sie dieser Retter zu sein.

Es gibt nichts, was die Taten ihrer Mutter gutheißen kann, und das will ich auch gar nicht versuchen, dennoch muss ich etwas über Frau Benoir sagen, das ihren Hintergrund vielleicht genauer erläutert. Meine Mutter sagte mir damals, Frau Benoir sei früher anders gewesen. Sie war freundlich und beteiligte sich an vielen Dorffesten. Doch kurz nach der Geburt ihrer Tochter verließ ihr langjähriger Freund – Lillys Vater – die beiden. Er hatte sich in eine Arbeitskollegin verliebt und verschwand innerhalb einer Woche mit ihr nach Italien.

Frau Benoir war am Boden zerstört, fing an zu trinken und entwickelte irgendwann den absurden Gedanken, ihre Tochter sei schuld am Verschwinden ihres Verlobten.

Eigentlich waren die Probleme im Haushalt der Benoirs ein offenes Geheimnis in unserer Gemeinde, doch niemand machte sich die Mühe, etwas dagegen zu unternehmen.

Alles lief immer so weiter wie gehabt, und ich gab mein Bestes, Lilly so oft wie möglich aus ihrer tristen Welt herauszuholen.

Doch eines Tages änderte sich das. Als ich in der zweiten Woche der Sommerferien, von Langeweile geplagt, in meinem Zimmer saß und an die Decke starrte, griff ich zum Hörer und rief Lilly an, die ihr Telefon stets in ihrem Zimmer hatte.

Da ich die erste Ferienwoche im Urlaub gewesen war, hatte ich Lilly schon eine Weile nicht gesehen und freute mich, mal wieder Zeit mit ihr verbringen zu können.

Zwei Mal hörte ich das vertraute Tuten in der Leitung, dann hob jemand ab.

„Hallo?“, fragte Lilly mit ihrer gewohnt hohen Stimme. Doch diesmal klang sie nicht wie sonst, bereits in diesem einen Wort schwang eine gewisse Trauer oder Angst mit.

„Hey Lilly!“, erwiderte ich glücklich. „Ich wollte fragen, ob du Lust hättest, in zwanzig Minuten spielen zu gehen?“

Normalerweise antwortete sie auf diese Frage sofort mit Ja, schließlich nutzte sie jede Gelegenheit, aus ihrem Haus herauszukommen.

Stattdessen sagte sie etwas Unerwartetes. „Ich kann nicht weg. Meine Mutter lässt mich nicht gehen.“

Bevor ich darauf antworten konnte, hatte sie schon aufgelegt. Erst hatte ich vor, sie noch einmal anzurufen und nachzufragen, ob es vielleicht später möglich wäre, doch ich vermutete, dass Lilly das wohl erwähnt hätte.

Ehrlich gesagt, weiß ich nicht mehr, was ich stattdessen an diesem Tag unternommen habe, es war einfach ein klassischer, langweiliger Tag wie jeder andere. Eine Monotonie, die sich als Routine zu wiederholen begann.

Auch am nächsten Nachmittag saß ich gelangweilt vor meinem Schreibtisch und schwenkte mich auf dem Drehstuhl immer wieder hin und her.

Erneut griff ich zum Telefon und wählte Lillys Nummer. Und erneut hob sie am anderen Ende der Leitung ab. Ich fragte sie, ob sie heute zufällig Zeit zum Spielen hätte, doch als wäre ich in einer Zeitschleife gefangen, erwiderte sie nur „Nein, Mama lässt mich nicht gehen“ und legte dann auf.

Fünf Tage in Folge wiederholte sich das Ganze. Immer wenn ich Lilly für ein paar Stunden aus ihrer gewohnten Umgebung entführen wollte, lehnte sie ab und gab ihrer Mutter die Schuld.

Ihre Mutter war zwar grausam, interessierte sich jedoch normalerweise nicht dafür, wo Lilly den Tag verbrachte. Dass sie nun so drastisch ihrer Tochter den Ausgang verwehrte, machte mir große Sorgen.

Natürlich erzählte ich es meiner Mutter, aber statt mir zu helfen, vertröstete sie mich und meinte nur, ich solle mich gedulden. Jedoch war mir schon damals klar, dass Geduld in dieser Situation lediglich mehr Leid für Lilly bedeuten könnte.

Zwar waren meine Möglichkeiten zu helfen begrenzt, aber ich entschied mich, mit dem Fahrrad zu ihrem Haus zu fahren und zu klingeln. Vielleicht könnte ich ihre Mutter dazu bringen, Lilly zumindest ein paar Stunden aus dem Haus zu lassen. Sofort schwang ich mich aufs Rad und trat in die Pedale, um so schnell wie möglich bei ihr zu sein.

Nach knapp sieben Minuten fuhr ich an dem weißen und von außen ziemlich heruntergekommenen Haus vorbei, das ich nur in den seltensten Fällen betreten hatte. Beim Anblick des Gebäudes bekomme ich bis heute eine Gänsehaut, daher fahre ich meistens Umwege zu meinem Elternhaus.

Der Rasen vor Lillys Haus wuchs wild und wurde nie gemäht. An manchen Stellen waren die Grashalme so hoch, dass ich bis zu den Knien darin verschwand. An anderen Stellen wiederum war das Gras mit Haufen von Metallschrott, kaputtem Porzellan und sonstigem Müll bedeckt, der seit Monaten darauf wartete, endlich entsorgt zu werden.

Dem Haus selbst sah man an, dass jegliche Fürsorge fehlte. Überall waren braune Wasserflecken, die Regenrinnen waren mit Blättern verstopft, und jemand hatte zwei Fensterscheiben im Obergeschoss eingeworfen, die nur notdürftig mit Pappe und Paketband versiegelt worden waren.

Eigentlich wollte ich direkt zur Tür zu gehen und klingeln, stattdessen fuhr ich an Lillys Haus vorbei. Der Grund dafür war, dass ich ihre Mutter im Fenster gesehen hatte. Meistens erschauderte ich bei ihrem Anblick, weil ich wusste, wozu sie fähig war. Diesmal jedoch war es anders gewesen. Diesmal erschauderte ich nicht nur, sondern zuckte auf meinem Rad vor Schreck so sehr zusammen, dass ich beinahe mein Gleichgewicht verloren hätte.

Sie hatte am Fenster gestanden, völlig reglos, und mit eiserner Miene herausgestarrt. Ob sie mich gesehen hatte, weiß ich nicht, aber sie drehte den Kopf keine Sekunde in meine Richtung oder folgte meiner Bewegung. Als ich am

Haus vorbeigefahren war, hatte ich nicht auf Details geachtet, ihr flüchtiger Anblick weckte in mir lediglich eine innere Stimme, die mich nahezu panisch anschrie: „Fahr weiter!" Als ich dann nach einigen Metern anhielt, durchatmete und mich entschied, meinen Plan umzusetzen, radelte ich erneut die Straße entlang zum Haus.

Frau Benoir stand nach wie vor regungslos am Fenster und starrte hinaus. Mir wurde klar, dass sie mich wohl nicht bemerkt hatte. Es schien so, als wäre sie völlig in ihrer eigenen Gedankenwelt versunken. So, als hätte sie sich in einem Tagtraum verloren und würde deshalb die Welt um sich nur noch gedämpft wahrnehmen.

Obwohl die Stimme in meinem Kopf weiterhin warnende Worte erhob, stellte ich mein Fahrrad auf dem Bürgersteig vor der Haustür ab. Aus diesem Winkel blickte ich erneut zum Fenster, in dem Frau Benoir stand. Da ich sie nun genauer mustern konnte, verstand ich, warum sie mich so sehr verängstigt hatte.

Sie war zwar nie eine sonderlich gepflegte Frau gewesen, doch an diesem Tag sah sie grauenhaft aus. Ihre Haare waren zerzaust, die Augen hatten tiefe schwarze Ränder, und ihre Lippen sahen trocken und spröde aus.

Außerdem hatte sie blutverkrustete Kratzspuren an der Wange. Frau Benoir sah aus, als hätte sie seit Tagen nicht geschlafen.

Ich weiß nicht, wie lange ich sie beobachtet hatte, es waren definitiv nicht mehr als ein paar Augenblicke, in denen ich mich bemühte, ihr direktes Blickfeld nicht zu kreuzen. Dennoch faszinierte es mich, dass sie mich nach wie vor nicht bemerkte. Was auch immer in ihrem Kopf vor sich ging, beschäftigte sie scheinbar sehr.

Bereits damals verstand ich, wie ihr Anblick auf Lillys Seelenheil wirken musste. Wenn sich die Mutter schon nicht mehr um ihr eigenes Wohlbefinden kümmert, in was für einer schlimmen Lage musste sich dann ihre Tochter befinden?

Ich stapfte voller Tatendrang durch den wuchernden Garten. Das Zimmer von Lilly befand sich auf der Rückseite des Hauses, daher schlich ich vorsichtig an der Hauswand entlang, bis ich endlich das teilweise blind gewordene Fenster meiner Jugendliebe erreichte.

Da durch die milchige Scheibe kaum etwas zu sehen war, drückte ich zunächst mein Gesicht an das Glas, um zumindest einen Blick ins Innere zu erhaschen.

Zwar erkannte ich grob das Zimmer, sah ihre verschlossene Zimmertür, ihren Schrank und ihr zerwühltes Bett, aber von Lilly selbst war nirgends eine Spur.

Eventuell war sie in einem anderen Raum eingesperrt worden, das würde die Rettungsaktion deutlich erschweren oder sogar unmöglich machen. Hoffnungsvoll klammerte ich mich an die These, dass Lilly vielleicht in ihrem Schrank saß und auf mich wartete. Mit diesem Gedanken im Hinterkopf drückte ich gegen den Fensterrahmen. Das Fenster ließ sich schwerfälliger öffnen als beim letzten Mal, doch als ich genug Druck aufwandte, sprang es mit einem Mal auf. Ich schaffte es gerade noch so, den Rahmen festzuhalten, bevor er mit Schwung gegen die Zimmerwand krachte. Den Lärm hätte Lillys Mutter wohl kaum überhört.

„Lilly!", flüsterte ich in den stillen Raum hinein. Für einen Moment hielt ich inne, hoffte, dass sich die Schranktür öffnete und mir Lilly weinend entgegenkam, doch stattdessen blieb alles ruhig.

Ich stemmte mich hoch, zwängte mich durchs Fenster und stand schließlich im Raum. Neugierig blickte ich mich um. Auch wenn das Haus von außen eher einer Ruine glich, war Lillys Zimmer normalerweise stets aufgeräumt gewesen. Ordnung und Sauberkeit waren ihr wichtig, vielleicht weil das einen Gegensatz zu ihrem sonstigen Umfeld bildete. An diesem Abend jedoch war ihr Zimmer unordentlich. Ihr Bett war zerwühlt, und die Decke hing halb herunter, ihr Schreibtischstuhl war umgekippt. Auf ihrem Tisch lagen Papier und Buntstifte, die ich ihr vor einigen Wochen geschenkt hatte, nachdem ich in der Schule gesehen hatte, wie sie mit winzigen Stiftstummeln etwas zu malen versuchte. Auf die Blätter hatte sie Naturszenen und Tiere gemalt, das waren ihre Lieblingsmotive, und auch ich hatte zu Hause einige ihrer Kunstwerke liegen. Das letzte Bild jedoch, das sie scheinbar mitten im Malprozess abgebrochen hatte, zeigte etwas anderes. Es zeigte einen Menschen, einen Jungen, und anhand des roten Pullovers mit den schwarzen Ärmeln erkannte ich deutlich, dass dieses Bild mich darstellen sollte, in meinem liebsten Kleidungsstück.

Außerdem sah ich Kleider, Hosen und Shirts, die scheinbar aus dem Schrank herausgerissen und auf dem Boden verteilt worden waren. Das ließ mich hoffen, dass Lilly sich eventuell Platz im Schrank gemacht hatte, um sich zu verstecken.

„Lilly! Ich bin's! Komm raus, wir fahren zu mir!“, sagte ich leise. Mir war klar, dass wir uns beeilen müssten, wenn wir nicht wollten, dass ihre Mutter uns erwischte und wer weiß was täte.

Und dann hörte ich es. Die leise hohe Stimme, die normalerweise Schmetterlinge in meinem Bauch erzeugte, schallte mir gedämpft aus dem Kleiderschrank entgegen.

„Ich kann nicht weg. Meine Mutter lässt mich nicht gehen!“

Der gleiche Satz, den sie schon am Telefon gesagt hatte.

„Ich mach mir Sorgen um dich, bitte komm mit mir. Alles wird gut!“, flüsterte ich und näherte mich dabei der Schranktür. Die Panik in mir wurde größer, ich fürchtete mich davor, gleich meine vielleicht misshandelte und verletzte Freundin zu sehen.

„Ich kann nicht weg“ sagte sie erneut. „Meine Mutter lässt mich nicht gehen.“

Mittlerweile stand ich direkt vor ihrer Tür, mir war klar, dass sie hier raus- und in Sicherheit gebracht werden musste, und selbst, wenn sie nicht von sich aus mitkäme, würde ich sie von hier fortschaffen.

„Lilly, bitte komm mit!“, sagte ich, während ich die Schranktür aufzog.

Kennt ihr das Gefühl, wenn es sich plötzlich so anfühlt, als ob die Zeit stehen bleibt? Wenn Sekunden sich wie Minuten anfühlen, scheinbar alle Geräusche der Außenwelt schlagartig verstummen und nur das Rauschen des Blutes, das in den Ohren zirkuliert, die unerträgliche Stille durchdringt?

Als ich an diesem Tag die Schranktür öffnete, verspürte ich genau das. Um mich herum wurde es still, während eine fürchterliche Panik in mir aufstieg.

Nachdem ich die Tür geöffnet hatte, strömte ein ekelhaft süßlicher Gestank aus dem Schrank. Meine Augen richteten sich auf den grau gewordenen Körper des Mädchens, in das ich verliebt war. Wie zusammengestaucht lag Lilly im Schrank, als wäre sie nur ein ungeliebtes Kleidungsstück, dessen Anblick man leid ist.

Ihre Arme waren verdreht, und ihr Oberkörper lag teilweise auf ihnen. Eine feine Spur aus getrocknetem Blut verlief von ihrer Nase bis zum grünen Pullover, auf dem sich ein großer, dunkelbrauner Fleck gebildet hatte. Der Blutfleck verdeckte zum Teil den Aufdruck der sonst süßen Katze auf der Vorderseite.

Das Schlimmste aber waren Lillys Augen. Sie waren weit aufgerissen und starrten, scheinbar panisch, geradeaus. Jedes Funkeln, jede Hoffnung und jedes Leben waren aus ihnen verschwunden, zurück blieb nur ein leerer Blick, der von purem Terror zeugte.

Ungläubig beäugte ich das Mädchen, an das ich jeden Tag dachte, und mit jeder Sekunde schlug mein Herz immer schneller.

„Lilly …“, sagte ich mit stockender Stimme, und endlich hallte mir aus dem Mund der regungslosen Gestalt eine Antwort entgegen.

„Ich kann nicht weg. Mama lässt mich nicht gehen!“

In diesem Moment entlud sich all die angestaute Panik in mir in einem Schrei, der unüberhörbar war.

Deutlich hörte ich die schnellen Schritte von Frau Benoir, die ich wohl aus ihren Gedanken gerissen hatte. Ohne mich noch einmal umzusehen, sprang ich aus dem Fenster und sprintete weinend durchs hohe Gras, bis ich zu meinem Fahrrad kam.

Ich sprang auf den Sattel und trat so schnell in die Pedale wie noch nie zuvor. Den Blick stur geradeaus gerichtet, stellte ich mir vor, wie Frau Benoir mir hinterherrannte, da ich nun ihr Geheimnis kannte.

Doch sie ist mir nie aus dem Gebäude gefolgt, zumindest glaube ich das nicht. Als ich zu Hause ankam, rief ich nach meinen Eltern, brach weinend vor ihnen zusammen und erzählte ihnen alles, was ich mitangesehen hatte. Eventuell lag es an meinem Nervenzusammenbruch, dass sie keine Zweifel an meiner abenteuerlichen Geschichte hatten, oder daran, dass sie Frau Benoir all dies zugetraut hatten – jedenfalls verständigten meine Eltern ohne ein Widerwort oder einen Moment des Zögerns die Polizei.

Stundenlang heulte ich mir die Augen aus, bis einige Stunden später ein Seelsorger bei uns auftauchte, um mit mir zu reden.

Er hatte einige Fragen zu dem, was ich gesehen hatte, und wollte wissen, wie es mir ging. Bevor ich irgendwelche Antworten gab, bettelte ich ihn an, mir zu erklären, was los ist. Ich war ein Kind, den Tod zu begreifen fällt mir bis heute schwer und damals erst recht. Obwohl ich eigentlich zu jung war, nahm der Seelsorger kein Blatt vor den Mund, er beschönigte nichts und sagte mir frei heraus, dass sie die Leiche von Lilly Benoir gefunden hatten. Der lieb wirkende Mann, der vermutlich sonst nicht mit Kindern zusammenarbeitete, sagte, dass die Beamten Lillys Mutter gebeten hatten, ihre Tochter sehen zu dürfen. Und ohne zu zögern, führte Frau Benoir die Polizisten in Lillys Zimmer. Dort lag der leblose Körper, nicht in einem Schrank, sondern im Bett. Frau Benoir hatte sie scheinbar dorthin gelegt. Das Verstörende aber war, so der Seelsorger, dass Frau Benoir nicht zu verstehen schien, warum sie festgenommen wurde. Sie soll geschrien haben, alles sei in Ordnung, dass es Lilly gut gehe und sie den

Beamten gefälligst sagen solle, dass alles in Ordnung sei, so wie sie es sonst auch immer getan habe.

Doch Lilly sprach nicht.

Fast zwei Wochen nach diesem Tag war ich auf ihrer Beerdigung. Die Anteilnahme war riesig. Die Kirche war völlig überfüllt, weswegen Dutzende Menschen draußen warteten, bis der kleine Sarg an ihnen vorbeigetragen wurde. Frau Benoir war nicht zugegen, sie saß weiterhin in Untersuchungshaft und leugnete vehement, dass sie Lilly umgebracht habe, geschweige denn, dass ihre einzige Tochter überhaupt tot sei.

Einer nach dem anderen war an der Reihe, Erde in das Grab zu werfen. Auch an diesem Tag weinte ich viel, und mit zittriger Hand ergriff ich die kleine Schaufel und warf Erde in das finstere Loch.

Während ich dies tat, hätte ich schwören können, erneut ihre Stimme zu hören.

„Ich kann nicht weg. Meine Mutter lässt mich nicht gehen!“

Niemand außer mir hatte etwas gehört, und ich erwähnte es auch nicht.

Jedes Mal, wenn ich ihr Grab besuchte und für einen Moment dort verweilte, um an sie zu denken, hatte ich ihre Stimme in den Ohren, die stets denselben Satz wiederholte. Wieder und wieder und wieder.

Erst sieben Jahre später erfuhr ich durch die örtliche Zeitung, dass Frau Benoir endlich gestanden hatte, sie sei damals betrunken von der Kneipe heimgekommen, habe ihre Tochter fest gepackt und geschlagen. Sie hatte sie wüst beleidigt und beschuldigt, und als Lilly sich wehrte und um sich schlug, zerkratzte sie dabei ihrer Mutter das Gesicht.

In jenem Moment verlor Frau Benoir die Fassung und erwürgte Lilly. Ihren Körper hatte sie dann abwechselnd an verschiedenen Stellen im Haus drapiert, beinahe so, als würde Lilly noch immer da sein. Um nicht mit der Schuld wegen ihrer Tat konfrontiert zu werden, leugnete ihr Verstand die

Tatsache, dass ihre Tochter tot sei. Nur manchmal, wenn sie einen klaren Moment hatte und den Anblick des leblosen Körpers nicht ertrug, stopfte sie ihn in den alten Kleiderschrank.

All diese Informationen waren für die Polizei nicht überraschend. Die Ermittler hatten einen ähnlichen Tathergang schon lange vermutet. Und doch war es das erste Mal, dass Frau Benoir ihre Tat nicht nur der Polizei, sondern auch sich selbst eingestanden hatte. All die Jahre hatte sie in ihrer eigenen Lügenwelt gelebt, in der ihre Tochter noch immer am Leben war.

Nach diesem Tag hörte ich Lillys Stimme nie wieder. Ich weiß nicht, ob es stimmt, aber ich glaube, Lillys Seele konnte nun die Erde verlassen, weil ihre Mutter sie endlich gehen ließ.

DIE BRÜCKE

„Ein Mann, verheiratet, Vater von zwei Kindern, hat sich vergangene Nacht, im Alter von 49 Jahren das Leben genommen", tönte die tiefe Stimme des Radiomoderators mir am frühen Samstagmorgen entgegen.

Ich hatte gerade mein Frühstück zubereitet, und noch bevor ich den ersten Bissen genießen konnte, wurde ich bereits von der schrecklichen Realität des Alltags eingeholt.

„Damit ist dieser Mann der achte Selbstmörder, der innerhalb der letzten vier Wochen von der Talsberg-Brücke gesprungen ist", fuhr die Stimme in einem ruhigen, aber ernsten Ton fort. „Wie bei allen Todesfällen wurde kein Abschiedsbrief gefunden, auch habe es nie Anzeichen von Depressionen bei ihm gegeben, so seine Ehefrau."

Nachdenklich trank ich meinen Kaffee. Tagtäglich hört man schreckliche Neuigkeiten aus aller Welt, über Menschen, die auf teilweise tragische Art ihr Leben verlieren, doch wenn es in der eigenen Kleinstadt passiert, bekommt es einen bitteren Beigeschmack.

Normalerweise geschieht in meinem Ort nie etwas Aufregendes. Es gab zwar einmal eine Einbruchsserie, bei der aber niemand verletzt wurde. Ansonsten war es immer ruhig gewesen. Nun zu hören, dass sich hier so viele Menschen von einer bestimmten Brücke in den Tod stürzten, war surreal. Im Laufe der vergangenen Wochen bekam die Talsberg-Brücke immer mehr Aufmerksamkeit, sogar die großen nationalen Zeitungen widmeten ihr kleine Beiträge. Die trugen dann reißerische Titel wie „Brücke treibt Menschen in den Selbstmord!", und der Spitzname „Selbstmordbrücke" fiel häufiger als der echte Name.

Die Berichterstattung ließ es so erscheinen, als wäre die Brücke schuld daran, dass scheinbar gesunde Menschen ihr Leben beendeten. Beinahe so, als würde sie die Leute hypnotisieren oder dazu überreden, den Sprung auf das 50 Meter tiefer liegende Flussbett zu wagen, das zu dieser Jahreszeit ausgetrocknet war. Ich fand es schade, dass auf solch abfällige Art von dem Bauwerk berichtet wurde. Die Talsberg-Brücke liegt nah am idyllischen Wald meiner Stadt. Es ist eine kleine, knapp 25 Meter lange Steinbrücke, die bereits vor weit über hundert Jahren erbaut und mittlerweile asphaltiert wurde, damit Autos den Abhang überqueren konnten. Als Kind habe ich häufig in der Gegend gespielt.

Obwohl bei der Brücke auch nachts eine einsame, grellweiß leuchtende Straßenlaterne brannte, fuhren kaum Autos die Strecke entlang. Sie diente lediglich als Verbindung zwischen der Kleinstadt, in der ich lebte, und der Nachbarstadt. Daher waren hauptsächlich Spaziergänger und vereinzelte Wanderer in den späten Stunden des Tages dort unterwegs.

Während ich so darüber nachdachte, konnte ich nachvollziehen, warum Menschen sich diese Brücke aussuchten, um ihr Leben frühzeitig zu beenden. Eine friedliche Stelle abseits der Zivilisation. Doch ich glaubte nicht, dass sich jemand einfach grundlos das Leben nehmen würde. Diese Menschen hatten vermutlich Probleme gehabt, auch wenn sie das nicht öffentlich bekundet hatten.

Seit Kurzem konnte ich das sogar nachempfinden. Mein Leben hatte sich in letzter Zeit drastisch zum Negativen gewendet. Vor gut fünf Monaten kam ich einmal früher von der Arbeit nach Hause. Die ganze Woche hatte ich Überstunden gemacht, um am Freitag eher in den Feierabend zu gehen und mit meiner Freundin Jasmin einen entspannten Abend zu verbringen. Als ich jedoch mit dem Wagen vor unserer Haustür anhielt, musste ich feststellen, dass bereits jemand einen gemütlichen Abend mit meiner Freundin verbrachte. Ich überraschte sie dabei, wie sie mich betrog. Sie war angetrunken, und noch bevor sie sich entschuldigte oder eine Ausrede suchte, schrie sie mich an, warum ich um diese Zeit schon zu Hause sei.

Dieser Tag war einer der schlimmsten meines noch so jungen Lebens. Wir stritten die ganze Nacht, schrien und weinten, und am Ende packte sie ihre Sachen, zumindest einen Teil davon, und fuhr zu ihren Eltern. Danach ging alles ziemlich schnell. Wir trennten uns, sie zog aus, und ich lebe seitdem in unserer ehemals gemeinsamen Wohnung, die nun wie die verwesenden Überreste unserer Beziehung auf mich wirkt.

Was ich damit sagen will, ist, dass jeder Probleme haben kann, auch wenn man sie nicht so sehr nach außen trägt. Meiner Familie und meinen Freunden teilte ich mit, dass wir uns trennten, weil es einfach nicht mehr passte. Die wahren Gründe behielt ich für mich, vermutlich auch aus Scham und angekratztem Ego.

Ich wette also, dass jeder, der sein Leben bei der Talsberg-Brücke beendete, einen Grund hatte zu springen. Das einzig Merkwürdige war nur, dass es so oft in kurzer Zeit passierte.

Nachdem ich mein Frühstück zu mir genommen hatte, ging ich an meinen PC und fing an zu recherchieren. Das Thema ließ mich nicht los, also hoffte ich, dass Google mir eventuell Antworten oder zumindest weiterreichende Details liefern könnte. Zu meiner Verwunderung waren die ersten Suchergebnisse jedoch keine Nachrichtenartikel, sondern ein Onlineforum, in dem sich anonyme Nutzer über anormale und gruselige Mysterien austauschten. Die Brücke der Selbstmörder war dafür natürlich ein gefundenes Fressen.

Ich fand einen relativ langen Eintrag, in dem ein Nutzer alle Details der Brücke und der Todesfälle auflistete. Er hatte sämtliche Daten über die Verstorbenen zusammengesucht. Zumindest die Informationen, die öffentlich zugänglich waren. Acht Menschen waren in den Tod gesprungen, alle acht starben beim Aufschlag. Vier waren zwischen 20 und 30 Jahre alt gewesen, so wie ich, drei zwischen 40 und 50, und einer sogar über 70 Jahre alt. Bei zwei von ihnen gab es in der Vergangenheit Anzeichen auf Depressionen. Bei den anderen sechs wurde so etwas nie festgestellt, was aber nicht heißen musste, dass sie nicht trotzdem darunter litten. Das Seltsame jedoch war, dass niemand einen Abschiedsbrief geschrieben hatte und fast alle sogar Pläne für die nächsten Tage gehabt hatten. Keiner passte ins typische Schema, dass jemand wie ich, der kein Psychologe ist, bei einem Selbstmörder erwarten würde. Man würde doch zumindest eine Erklärung hinterlassen, oder nicht?

Wie der Nutzer im Forum schrieb, wirkte es beinahe so, als hätten diese Leute spontan gehandelt. Als wäre ihnen plötzlich die Idee gekommen, dass sie doch springen könnten, und das hatten sie, ohne zu zögern, getan.

Diese Entscheidung mussten sie sehr kurzfristig getroffen haben, da drei der Selbstmörder ihre Fahrräder bei der Brücke abgestellt hatten und einer sein Auto. Sie hatten ihre Fahrzeuge offenbar in Eile zurückgelassen. Das Auto gehörte dem über 70-jährigen Mann, der scheinbar eine Vollbremsung hingelegt hatte, ausgestiegen und in die Tiefe gesprungen war. Das erkannten die Beamten daran, dass der Motor des Wagens lief und die Fahrertür offen stand. Beinahe so, als hätte der Mann es nicht erwarten können, sein Leben zu beenden. Laut seiner Ehefrau hatte er weder Geldsorgen noch gesundheitliche Probleme, abgesehen von ein paar altersbedingten Gebrechen.

Die beunruhigendste Theorie, die auch mir schon durch den Kopf gegangen war, brachte der Nutzer am Ende seines Textes zur Sprache.

„Was, wenn diese Leute gar nicht springen wollten, aber die Brücke es ihnen befohlen hatte?“ Dieser Satz stand in weißer Schrift auf schwarzem Grund im Beitrag.

Die Vorstellung, dass eine scheinbar verfluchte Brücke Menschen in den Wahnsinn und anschließenden Tod treibt, mag abwegig klingen, doch der Nutzer führte ein interessantes Beispiel aus England an.

„Es gibt das Mysterium der Overtoun-Bridge in Schottland“, fuhr der anonyme Nutzer fort. „Das ist eine Brücke, die Hunde in den Selbstmord zu treiben scheint. In 70 Jahren sollen über 600 Hunde auf dieser Brücke durchgedreht und in den 15 Meter tiefen Abgrund gesprungen sein. Die wenigsten überlebten den Sturz. Es konnte nie geklärt werden, warum die Hunde dies taten.“

Dass Menschen so an den Rand eines Abgrunds getrieben werden, dass sie sterben wollen, ist tragischerweise keine Seltenheit, Tiere hingegen würden sich wohl nicht selbst umbringen.

Dem Forumsbeitrag zufolge vermuteten viele Leute, dass die Overtoun-Bridge verflucht sei und dass eine dunkle Kraft oder der Teufel selbst die Tiere dazu überrede, ihr Leben zu beenden.

Folgt man dieser Theorie, wäre die Talsberg-Brücke das deutsche Äquivalent zur Overtoun-Bridge, nur eben für Menschen.

Natürlich war die Vermutung einer Teufelsbrücke abwegig und erinnerte an die abergläubischen Vorstellungen aus dem Mittelalter, denen zufolge der Teufel oft am Bau von Brücken beteiligt war, gleichzeitig aber waren die vielen Selbstmorde alles andere als normal.

Nach meiner Recherche versuchte ich, mich von dem Thema abzulenken. Schaute ein paar Videos auf YouTube und spielte online ein paar Runden meines Lieblingsspiels, trotzdem ließ mir dieses Mysterium keine Ruhe.

Irgendwann wischen 22.00 und 23.00 Uhr, als die Sonne bereits verschwunden war, gewann meine Neugierde die Oberhand über mich. Ich weiß nicht genau, was ich erwartete, wollte mir aber ein eigenes Bild von der Situation machen. Ich wollte zu dieser Brücke fahren und ergründen, ob ich auch plötzlich etwas Merkwürdiges spüre oder vielleicht finstere Gedanken bekomme. Ich schwang mich auf mein Fahrrad und fuhr knapp 15 Minuten die dunkle Straße durch den Wald entlang.

Nur vereinzelt, an besonders scharfen Kurven, waren Laternen aufgestellt, die den Wald notdürftig in ein schauriges Weiß tünchten, das kaum gegen die undurchdringliche Dunkelheit dieses Ortes ankam. Die meiste Zeit jedoch erhellte nur mein Fahrradlicht die dunkle Straße. Und dann sah ich sie.

Schwach angeleuchtet war die Talsberg-Brücke in der Entfernung zu sehen. Mir war klar, dass sie bald in Sicht hatte kommen müssen, dennoch war ich zutiefst schockiert. Das lag aber nicht an der Brücke selbst, sondern an der Person, die auf dem schmalen, steinernen Wall stand, der als Brückengeländer diente. Die Gestalt starrte in den schwarzen Abgrund hinab.

Mir wurde klar, dass ich gerade jemanden sah, der vorhatte, sich das Leben zu nehmen, genau wie all die anderen vor ihm.

Ich trat heftiger in die Pedale als je zuvor und schrie der Person zu: „WARTE! Bitte nicht springen!"

Ehrlich gesagt, hatte ich keine Ahnung, was ich der Gestalt sagen sollte, und hoffte, dass mein Ruf sie nicht dazu drängte, sich mit dem Sprung zu beeilen. Doch die Person blieb stehen, und je näher ich kam, desto besser sah ich sie.

Es war eine junge Frau, der ich noch nie im Leben begegnet war. Sie hatte lange rötliche Haare, deren Enden leicht gelockt waren, helle Haut, die durch die Laterne über ihr noch bleicher wirkte, und große dunkle Augen, die jedoch kalt in meine Richtung blickten. Ich schätzte sie auf ungefähr Anfang 20. Sie stand dort in einem Kleid mit Blumenmuster, das bis knapp über ihre Knie reichte und einen deutlichen Kontrast zu der kalten und düsteren Umgebung bot.

Als ich bei ihr angekommen war, ließ ich völlig außer Atem mein Fahrrad fallen, versuchte, einen tiefen Atemzug zu nehmen, der es mir ermöglichen würde, einen Satz zu bilden. „Bitte, spring nicht. Es ist alles gut!", brachte ich flehend hervor, ehe ich eine Atempause einlegen musste. „Ich möchte dir helfen, nur spring da bitte nicht runter!"

Reglos sah sie mich mit ihrem eiskalten Gesichtsausdruck an und sagte nur zwei kleine Worte: „Warum nicht?"

„Weil es sich lohnt zu leben! Jedes Problem kann gelöst werden!", antwortete ich, ohne groß über ihre Frage nachzudenken.

Ein kalter Windzug kam von der Seite und wehte ihre Haare und das Kleid leicht nach hinten. Für einen Moment befürchtete ich, die Böe würde sie aus dem Gleichgewicht bringen, doch sie hielt grazil ihre Balance.

Damit keine Stille entstand, wollte ich ein Gespräch beginnen, das sie zumindest für den Moment davon abhalten könnte, etwas Unüberlegtes zu tun.

„Mein Name ist Fabian!“, stieß ich hervor „Wie heißt du?“

„Veronique“, entgegnete sie kurz angebunden. Ich trat näher an sie heran, ganz langsam, damit sie sich nicht bedrängt fühlte.

Ich befürchtete, dass jeder Fehler, jedes falsche Wort aus meinem Mund dazu führen könnte, dass morgen ihr Name von etlichen Nachrichtenmagazinen verbreitet würde.

„Darf ich mich zu dir stellen?“, fragte ich vorsichtig, als ich noch rund zwei Meter von der Mauer entfernt war.

Sie sah mich einen Moment lang an, ihr kühler Blick begegnete meinem, und nach einer kurzen Pause antwortete sie nur mit einem knappen: „Gerne.“

Langsam trat ich zu ihr und legte die Hände auf die aus einzelnen Steinen bestehende Balustrade. Mir kam zwar der Gedanke, Veronique von der Mauer zu reißen und mich mit ihr zu Boden fallen zu lassen, doch das Risiko war zu hoch, dass mein Plan fehlschlagen würde. Darum stand ich einfach nur bei ihr und blickte hinab in die Dunkelheit des Abgrundes.

Tagsüber wäre der Waldboden zu sehen gewesen, doch zu dieser Uhrzeit und bei den gegenwärtigen Lichtverhältnissen blickte ich lediglich in absolute Schwärze. Fast wie ein Loch ohne Boden.

Mir schossen Dutzende Fragen durch den Kopf, die ich Veronique stellen könnte. Sollte ich etwas Smalltalk mit ihr führen, um sie von ihren Gedanken abzulenken? Sie darauf ansprechen, warum sie springen wollte? Oder sollte ich lieber etwas Lustiges sagen, in der Hoffnung, sie aufzuheitern?

Angestrengt blickte ich weiterhin in die Tiefe. Während ich nachdachte, welcher Satz der richtige wäre, riss ihre sanfte Stimme mich aus meinen Gedanken.

„Es sieht so friedlich aus, nicht wahr?“, sagte sie leise und sah mich mit ihren dunklen Augen an.

Verwirrt entgegnete ich ihr nur: „Wie bitte?“

„Da unten.“ Sie deutete in die Dunkelheit. „Es sieht so friedlich aus. Da unten ist einfach nichts. Kein Lärm, keine Lichter, einfach Ruhe.“

Ich weiß nicht, was mich mehr beeindruckte – ihre ruhige Art zu sprechen, die Worte, die sie wählte, oder ihr Aussehen –, jedenfalls starrte ich sie fasziniert an. Ich atmete tief durch und stellte ihr die Frage, die meine Seele am meisten belastete.

„Wieso willst du springen?“, fragte ich sie, ohne den Blickkontakt zu unterbrechen.

Sie lächelte flüchtig, bevor sie die Mundwinkel verzog und wieder eine neutrale Miene aufsetzte. „Das Leben kann einen manchmal ganz schön mitnehmen, nicht wahr?“ Sie pausierte kurz und fuhr dann fort: „Es gibt so viel Leid jeden Tag, sowohl auf der Welt als auch im Privaten.“

Nachdenklich richtete ich meinen Blick in die Dunkelheit und lauschte ihrer Erklärung. Aus dem Augenwinkel bemerkte ich, dass sie mich weiterhin beobachtete.

„Manche verlieren ihren Job“, fuhr sie fort. „Ein geliebter Mensch stirbt, oder eine Partnerschaft geht zu Ende.“

Ich nickte unterbewusst, da ihre Worte mich trafen. Ich musste unweigerlich an Jasmin denken und hatte gar nicht bemerkt, dass ich ihrer Aussage zustimmte.

Für einen kurzen Moment schwiegen wir beide. Ich dachte an meine Ex-Freundin. An den Abend, als ich früher von der Arbeit nach Hause kam, und an die Zukunft, die ich mir zuvor mit ihr ausgemalt hatte.

„Komm mal zu mir rauf!“, sagte sie in unglaublich sanftem Ton.

Normalerweise hätte ich so eine Bitte sofort abgelehnt. Auch wenn die Mauer nicht rutschig, instabil oder zu schmal war: Es wäre unnötig gefährlich, sich auf den Rand zu stellen. Doch als ich meinen Blick von der Dunkelheit abwendete und zu ihr schaute, war mir, als würde ich einen Engel ansehen. Angeschienen vom weißen Licht der Laterne über ihr, schienen ihre rötlichen Locken zu leuchten und von einem unnatürlichen Schimmer umgeben zu sein. Ich blickte in ihre Augen, und all meine Sorgen fielen von mir ab.

Diese vorhin so kalt ausschauende Schönheit schenkte mir nun das wohl schönste Lächeln, das ich je gesehen hatte. Während ein weiterer kühler Windhauch uns umwehte, kletterte ich zu ihr auf die Mauer. Es war ein surreales Erlebnis.

„Willst du mir von ihr erzählen?“, fragte sie mich. Offenbar war ihr vorhin mein Nicken nicht entgangen.

Für einen kurzen Moment zögerte ich. Bisher hatte ich niemandem die Wahrheit über meine Trennung erzählt, aber ich sah auch keinen Sinn darin, sie anzulügen. „Bis vor Kurzem war ich in einer Beziehung“, begann ich. „Es war eine schöne Zeit, sicher, wir haben uns häufiger mal gestritten, und ich arbeitete unter der Woche viel.“ Ich hielt inne und schluckte schwer, ehe ich weitersprach. „Eines Tages erwischte ich sie mit einem Kumpel, den sie schon lange kannte, den sie aber immer hoch und heilig nur als „einen Freund“ bezeichnet hat. So viel dazu.“ Veronique lauschte meinen Worten aufmerksam, und es tat gut, das Ganze mal ausgesprochen zu haben.

„Du gibst dir eine Mitschuld, oder?“, fragte sie vorsichtig.

„Ich hab sie oft allein gelassen, und vielleicht hatte ich ...“

„Blödsinn!“, unterbrach sie mich mitten im Satz. „Die Welt hat dir böse mitgespielt, das hat sie uns allen schon, wir brauchen uns nicht mehr Schuld daran zu geben, als wir haben.“

Ihre Worte überraschten mich so sehr, dass ich kurz meine Gedanken sortieren musste, um fragen zu können: „Und du?“ Erneut verlor ich mich in ihren Augen. Sie sah mich fragend an, da sie nicht verstand, was ich meinte, also fuhr ich fort. „Hat die Welt dir auch böse mitgespielt?“ Veronique lächelte leicht und blickte in die Tiefe, bevor sie ruhig erwiderte: „Sagen wir so, ich hab einige Menschen kommen und gehen sehen.“

Sofort wurde mir klar, dass ich scheinbar einen wunden Punkt bei ihr getroffen hatte. Der Verlust einer nahe stehenden Person, seien es nun Freunde oder Verwandte, oder vielleicht sogar eines Haustieres, kann einen Menschen in diese Trauer reißen.

„Wäre es nicht schön, wenn man dem Trubel des Lebens für immer entfliehen könnte?“, fragte sie, ohne den Blick von der Schwärze unter uns zu nehmen, und auch ich sah erneut hinab. „Wenn man einfach Ruhe hätte und einen niemand mehr verletzen kann?“

Ihre Stimme klang bezaubernd in meinen Ohren, und ich nickte schweigend bei jedem Wort, das ihre Lippen verließ.

„Stell dir mal vor, dir könnte niemand mehr wehtun“, flüsterte sie, bevor sie eine kurze Pause einlegte. „Du hättest für immer deinen Frieden, und das mit jemandem an deiner Seite, der dich nie verletzen würde.“

Ich spürte, wie ihre Hand sanft die meine umschloss. Meine Augen blieben auf die Finsternis fixiert, und auch Veronique schaute nicht zu mir auf. Gemeinsam standen wir auf der Balustrade, meine Hand in ihrer ruhend. An einem Ort, der für so viele Menschen in den letzten Tagen den Tod bedeutet hatte, und doch machte sich ein wohliges Gefühl in mir breit.

Ich empfand weder Trauer noch Furcht. Die warme Hand von Veronique vertrieb jede Sorge.

Es mag vielleicht komisch klingen, aber wenn mir jemand in jenem Moment erzählt hätte, dass sie mein Schutzengel ist, mir erschienen, um mich aus meiner tristen Welt zu retten, dann hätte ich das, ohne zu zögern, geglaubt.

Einige Momente verharrten wir gemeinsam auf der Mauer und sprachen kein einziges Wort. Es war, als wären alle Geräusche des Waldes verstummt, das Zirpen der Zikaden oder auch das Rascheln der Blätter im Wind.

Und während ich diesen Moment genoss, sagte sie plötzlich etwas, das mich hätte schockieren müssen.

„Lass uns springen!“

Wenn ein Mensch in großer Gefahr ist, greift normalerweise der Instinkt, dass man entweder kämpft oder flieht, um sein Leben zu retten. An dieser Stelle hätte ich fliehen oder ihren Vorschlag vehement abweisen müssen. Es hätte vermutlich schon gereicht, wenn ich ihr einen erschrockenen Blick zugeworfen hätte. Doch all das tat ich nicht.

Stattdessen nickte ich einfach nur.

In jenem Moment ergab für mich alles Sinn. Die Vorstellung, dass ich alles beenden und für immer mit ihr zusammen sein konnte, erfüllte mein Herz mit solcher Hoffnung, dass es unfassbar schnell in meiner Brust schlug. Ich hatte keine Angst vor dem Sprung, sondern empfand Vorfreude!

„Dann los", sagte sie, und ich hörte an ihrem Tonfall, dass sie ein breites Grinsen im Gesicht hatte.

Morgen würden die Radiomoderatoren unsere Namen durchgeben, doch das war mir egal.

Wie von ihren Worten hypnotisiert, ging ich ein wenig in die Knie, machte mich zum Absprung bereit und streckte die Beine mit einem Ruck durch.

Es fühlte sich an, als würde alles in Zeitlupe ablaufen.

Meine Füße verloren den Kontakt mit dem steinernen Grund unter ihnen, doch während die kühle Luft nun schneller an mir vorbeiströmte, spürte ich noch etwas.

Veroniques wärmende Hand löste sich von meiner, und verwundert drehte ich den Kopf, um sie anzusehen.

In meiner Vorstellung sprangen sie und ich Hand in Hand die Brücke hinunter, doch die Wahrheit sah leider etwas anders aus.

Meine Augen weiteten sich, als ich bemerkte, dass Veronique weiterhin still auf der Balustrade stand. Ihr breites Grinsen verzerrte ihr Gesicht, während sie mir zusah.

Leise hörte ich noch, wie sie hämisch sagte: „Nummer neun."

Während ich mich langsam vom Licht entfernte und in die Dunkelheit unter mir stürzte, die mich verschlang, sah ich, wie Veronique seelenruhig von der Balustrade trat, zurück auf die sichere Straße.

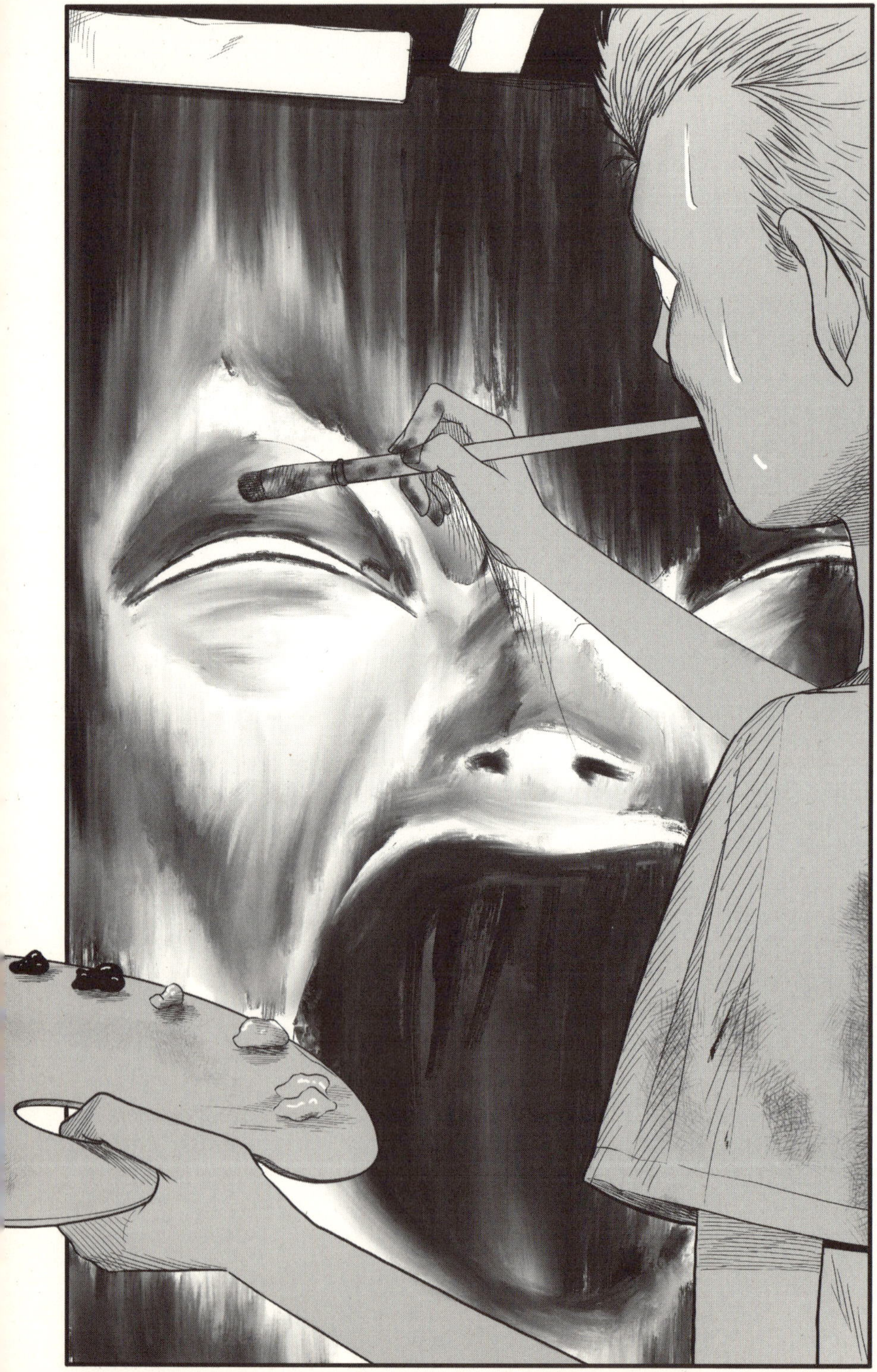

DER KÜNSTLER

Giuseppe Antonio Romano ist ein unfassbar talentierter und gefragter Künstler gewesen. Bekannt wurde er in den 1980er-Jahren durch seine fotorealistischen Selbstporträts, mit denen er sich in perfektem Detail mit ausdrucksstarker Mimik präsentierte. Seine Bilder fingen Emotionen ausgeprägter und überspitzter ein, als jede Kamera es damals und heute könnte.

Auf den Gemälden spiegelte jeder Muskel seines Gesichtes drastisch Gefühle wider. Wenn er sich wütend malte, dann sah man keine leichte Bosheit in seinem Blick, sondern puren Hass. Zeichnete er sich ängstlich, sah man die Emotion in der gesamten Mimik.

Beim Betrachten von Romanos Kunstwerken würde man niemals vermuten, dass sie durch gezielte Pinselstriche kreiert worden waren. So gut war seine Kunst.

Doch sein Schaffen beschränkte sich nicht nur auf die Selbstdarstellung. Denn seine andere Leidenschaft waren aus Ton oder Marmor gefertigte Statuen einer wunderschönen jungen Frau. Immer wieder kreierte er neue Skulpturen, die die Frau teils nackt und teils angezogen zeigten. Manchmal saß sie und las ein Buch, tanzte in einem kurzen Kleid oder stand schlicht in kunstvollen Posen da. Romano bewies mit diesen Skulpturen, dass er mehr konnte, als sich selbst zu präsentieren. Auch wenn die Kritiker seiner Arbeit, von denen es stets welche gibt, egal wie begabt man ist, ihm vorwarfen, dass er die Gesichtszüge der jungen Frau den eigenen nachempfand. Sie warfen ihm quasi vor, dass er nicht in der Lage war, eine Person zu zeigen, die ihm nicht zumindest ähnlich sah, doch ich hielt das für Blödsinn.

Giuseppe Antonio Romano war ein Meister seines Faches und faszinierte mich schon, seit ich als Kind in seine erste Ausstellung gegangen war.

Damals war ich gerade einmal sieben gewesen, und ich weiß noch, dass ich keine Lust hatte, in ein Museum zu gehen. Ich wollte lieber draußen mit Freunden spielen, doch meine Eltern bestanden darauf, mir etwas Kultur näherzubringen. Mit genervter Miene betrat ich damals die wunderschön verzierten Räume des Kunstmuseums meiner Heimatstadt Florenz.

Da Romano ebenfalls aus Florenz kam, stellte er seine neuesten Werke immer zuerst im selben Museum aus, bevor sie später weltweit in Museen und Ausstellungen gezeigt wurden. Als ich die vielen Selbstporträts an den Wänden erblickte und teilweise umwerfend gezeichnete Landschaften sah, war ich wie verzaubert. Seine Kunst beeindruckte mich selbst in so jungen Jahren. Und diese Faszination ließ mich nie wieder los.

Seit jenem Tag hegte ich einen großen Wunsch. Eines Tages wollte auch ich ein Kunstwerk erschaffen, dass die Menschen so prägen würde, wie Romanos Kunst mich geprägt hatte.

Ein Wunsch, dessen Erfüllung für mich viele Jahre verzweifelte Arbeit bedeutete. Und was soll ich sagen, von Kunst allein lebt es sich nicht sonderlich gut. Hin und wieder konnte ich ein paar meiner Gemälde für 20 oder auch mal 50 Euro verkaufen, aber das war ein nettes Taschengeld und mehr nicht. Als ich die Schule abgeschlossen hatte, war mir klar, dass ich einen normalen Beruf brauchte, der ein stabiles Einkommen bot.

Mein Vater bot mir damals an, in seiner Firma eine Ausbildung zu absolvieren, doch ich wollte keinen langweiligen Bürojob, der mich jeglicher Kreativität beraubte. Ich wollte etwas mit Kunst machen, und so begann ich im selben Museum, in dem ich zum ersten Mal Romanos Kunst sah, eine Ausbildung zum Kurator.

Als Kurator ist es meine Aufgabe, die Museumsfläche zu gestalten, mich um die Exponate zu kümmern und neue Ausstellungen zu planen. Tagtäglich hatte ich mit Werken von Künstlern aus der ganzen Welt zu tun. Skulpturen, Fotografien, Ölgemälde, Artefakte, alles durchlief meine Planung.

Seit zehn Jahren arbeitete ich nun schon im „Museo d'arte e storia" in Florenz, und obwohl ich viele tolle Stile kennenlernen durfte, gab es eine Ausstellung, auf die ich mich stets am meisten freute.

Jedes Jahr kam Guiseppe Romano selbst zu uns und sagte, dass er genug Werke für eine neue Ausstellung habe. Und jedes Mal stimmte ich sofort zu und leitete alles in die Wege, um seine Werke in die Hallen unseres Museums aufzunehmen. Abseits von Romano selbst war ich die Person, die seine Kunst so gut kannte wie niemand anderes.

Ich studierte seine Werke, ich ahmte seine Technik nach, ich lebte für seine Kunst! Doch leider war ich dadurch auch der Erste, der bemerkte, dass sich etwas veränderte.

Es fing vor knapp fünf Jahren an, als Romano seine neue Ausstellung „Ignoranza" bei uns präsentierte. Schon lange hatte ich mich gefreut, seine jüngsten Gemälde zu betrachten, und die vielen angereisten Besucher waren fasziniert wie immer, doch als ich mir die Bilder erstmals ansah, fiel mir auf, dass etwas anders war.

Die sonst so realistischen Selbstporträts wiesen kleine Fehler auf. Linien, die fehl am Platz waren, die unsauber und teilweise zittrig gemalt wurden. Für das untrainierte Auge unscheinbar, für mich jedoch so auffällig, als hätte er die Leinwand mit einem Messer durchschnitten. Solche Fehler unterliefen Romano sonst nie, und nun waren sie auf fast jedem Gemälde zu sehen. Die Skulpturen der schönen Jungfer, wie sie oft genannt wurde, sahen glücklicherweise noch normal aus.

Es beunruhigte mich, Fehler in der Arbeit meines Helden zu entdecken, aber ich versuchte, es vorerst zu ignorieren. Doch als die nächsten paar Jahre verstrichen, wurde allen klar, dass mit Romano etwas nicht stimmte.

Bereits in der Ausstellung „Mi preoccupo" im Folgejahr war für jeden ersichtlich, dass Romano sich verändert hatte. Seine Bilder sahen nicht mehr wie Fotografien aus, sondern waren nun klarer als Malereien zu erkennen. Er ließ plötzlich Details weg, die früher die Grenzen zwischen Foto und Gemälde verschwimmen ließen. Versteht mich nicht falsch, seine Werke waren nach wie vor wunderschön! Aber das, was sie so einzigartig gemacht hatte, fehlte nun.

Natürlich war ich weiterhin fest entschlossen, seine Kunst auszustellen. Die Statuen waren perfekt wie immer, und niemals würde ich mein Idol vor den Kopf stoßen wollen.

Fast ein Jahr später kam seine neuste Ausstellung „Transitorio“ zu uns. Sie bestand aus überraschend wenig Werken. Normalerweise schuf er pro Jahr zehn Gemälde und fünf Skulpturen, diesmal jedoch waren es gerade einmal fünf Gemälde und zwei Skulpturen.

Das war zwar schade, bestätigte aber meine Sorge, dass etwas mit ihm nicht stimmte.

Als ich mir vorab beim Gestalten der Ausstellung die Bilder ansah, stockte mir kurzzeitig der Atem. Die Selbstporträts hatten sich verändert, und das drastisch.

Während sie ihm zuvor stark ähnelten, verloren sie mittlerweile an Form und Proportion. Auf einem Gemälde waren seine Augen unterschiedlich groß. Auf einem weiteren saß ein Ohr tiefer als das andere. Diese eigentlich drastischen Fehler waren auf jedem Bild zu sehen. Selbst der gutgläubigste Fan Romanos hätte spätestens hier gewusst, dass mit dem Mann etwas ganz und gar nicht in Ordnung war.

Zu den seltsamen Gemälden kam hinzu, dass Romano selbst auch anfing, sich merkwürdig zu verhalten.

Er lebte in einem großen Anwesen mit weitläufigem Garten am Rande von Florenz. Sein Haus war von einer hohen Mauer umgeben, und Romano schirmte nicht nur sein Grundstück von der Außenwelt ab, sondern auch sich selbst.

Während er früher noch ab und zu mit seiner Frau Aurora, seiner Jugendliebe aus Kindertagen, in schönen Restaurants essen ging, hörte das schlagartig auf, als sie sich trennten.

Aurora zog nach Amerika, zumindest wird das immer erzählt, andere meinen, sie wäre einfach nach Sizilien gegangen. So oder so schienen die beiden sich dermaßen gestritten zu haben, dass er allein zurückblieb. Statt sich eine neue Partnerin zu suchen, zog Romano sich gänzlich zurück. Er sperrte sich selbst ein, und keiner wusste, was hinter den Mauern seines Anwesens vor sich ging.

Niemand betrat das Grundstück, und niemand verließ es. Lediglich wenn es eine neue Ausstellung gab, brachte Romano alle Kunstwerke selbst zum Museum. Viele meinten, er tat dies, damit die Bilder nicht vor der Vernissage abfotografiert werden und durchs Internet geistern konnten.

Bei den Anlieferungen der Werke hatte ich als Kurator meistens kurz Kontakt mit ihm. Häufig kam er vorbei, ich zeigte ihm, wie ich die Exposition gestalten wollte, er segnete es ab und verschwand dann wieder. Bei der Vernissage wollte er nie anwesend sein, lediglich ein oder zwei Abende vorher kam er noch einmal vorbei, nachdem das Museum geschlossen hatte, und sah sich die Ausstellung an. Dabei sprach er aber mit niemandem. Ich ließ ihn ein, er lief ein wenig auf und ab, und dann ließ ich ihn wieder raus. Für gewöhnlich reagierte er nicht einmal auf meine Verabschiedung.

Doch bei seiner Ausstellung „Transitorio" war alles anders.

Am Tag vor der Eröffnung kam er vorbei wie sonst auch, und ich ließ ihn herein. Aber statt sich die Exponate anzusehen, stand er die meiste Zeit im großen Ausstellungsraum und stierte in eine dunkle Ecke. Manchmal blickte er sich verdutzt um, bevor dann etwas anderes seine Aufmerksamkeit auf sich zog.

Durch die hohe Glastür, die diesen Raum vom Flur trennte, beobachtete ich ihn genau. Er wirkte wie ein verwirrtes Kind, dem es schwerfiel, einen klaren Gedanken zu fassen.

Normalerweise blieb er circa eine Stunde, doch an diesem Tag verbrachte er vier Stunden im Raum und hatte sich nicht einmal seine Bilder richtig angesehen.

Schließlich betrat auch ich den Saal und fragte ihn, ob er fertig sei. Romano sah mich mit großen Augen an, dachte kurz nach und sagte nur leise, dass er nach Hause wolle.

Daraufhin schloss ich ihm die Tür auf und ließ ihn zu seinem Wagen gehen.

An diesem Abend, als ich sah, wie er davonfuhr und beinahe ein Straßenschild rammte, war mir klar, was los war.

Giuseppe Antonio Romano war krank. Für mich bestand kein Zweifel daran, dass mein großes Vorbild Demenz hatte.

Es gibt ein gruseliges und tragisches Phänomen, von dem ich in einer Fachzeitschrift gelesen hatte. Wenn Künstler an Demenz erkranken, dann verlieren sie mit der Zeit das Verständnis von ihrem Selbstbild. Sie können zwar in ihren Werken Landschaften und andere Personen darstellen, sind aber mit fortschreitender Krankheit irgendwann nicht mehr in der Lage, sich selbst akkurat auf der Leinwand einzufangen. Sie wissen nicht mehr, wie sie aussehen, welches Körperteil wo hingehört oder welche Proportionen sie haben.

Der geistige Verfall wird in der schwindenden Akribie ihrer Selbstporträts bemerkbar, und genau das widerfuhr nun auch Romano.

Während der Ausstellung, die zwei Monate dauerte, war klar zu erkennen, dass die Leute seine Veränderung bemerkt hatten. Immer wieder hörte ich besorgtes Flüstern, und manche Besucher hielten sich vor Fassungslosigkeit sogar die Hand vor den Mund.

Auch Fachzeitschriften hatten für Romanos neue Werke kein gutes Wort übrig. Während manche Journalisten sich ebenfalls Sorgen machten, zerrissen andere seine Kunst. Sie schrieben, er wäre verrückt geworden oder wolle auf seine alten Tage nun in die abstrakte Kunst wechseln, ohne sie zu verstehen.

Nach zwei Monaten holte Romano alles wortlos bei mir im Museum ab. Er sah aus, als wäre er stark gealtert. Sein Gesicht war eingefallen. Er war damals zwar schon über 60, aber sein plötzlicher Alterungsprozess ließ ihn eher wie 80 erscheinen.

Ich weiß noch, dass er damals davonfuhr und ich mir sicher war, dass dies die letzte Ausstellung war, die ich von ihm gesehen hatte. Doch ich sollte mich täuschen.

Nach 18 Monaten rief Romano uns aus heiterem Himmel an. Er sagte kurz und knapp, dass er eine neue Serie ausstellen wolle: „Scossa". Er wolle die Werke gegen Ende des Monats vorbeibringen. Ohne eine Antwort abzuwarten, legte er auf.

Die letzte Ausstellung hatte bereits weniger Besucher angelockt, und auch diese Präsentation würde vermutlich nicht an den Erfolg der Vergangenheit anknüpfen können. Doch selbst wenn Romano nur mit Skizzen auftauchen sollte, würde ich ihn unterstützen und den schönsten Saal für ihn bereitstellen.

Als er dann tatsächlich drei Gemälde und eine Skulptur vorbeibrachte, war es mir kaum möglich, meinen Schock vor ihm zu verbergen.

Während er auf einer Bank in der großen Kunsthalle saß und einfach nur den Boden anstarrte, sah ich, wie sehr die Krankheit seinen Verstand zerfressen haben musste.

Seine Selbstporträts, die nur noch vage an einen Menschen erinnerten, hatten beinahe jede Farbe verloren. Die Augen waren teilweise nur leere Kreise. Gesichtszüge fehlten manchmal komplett. Romanos Antlitz war in den Kunstwerken nicht mehr zu erkennen. Was mich aber besonders schockierte, war, dass seine Krankheit auch vor seinen Skulpturen keinen Halt gemacht hatte.

Während die Statuen der schönen Jungfer das letzte Anzeichen auf sein Talent gewesen waren, war nun auch dieser Hoffnungsfunke erloschen.

Die sonst so graziöse junge Frau sah verstörend aus. Während sie normalerweise wunderschöne weibliche Rundungen aufwies, war sie mittlerweile abgemagert. Ihre Kleidung hing schlaff an ihrem Körper, Knochen und Muskeln zeichneten sich leicht unter der Haut ab, und das Gesicht, welches früher mit dem Antlitz einer Göttin verglichen wurde, war eingefallen und schmal. Ebenso wie Romano selbst war auch diese Skulptur degeneriert, nur noch ein Zerrbild seines früheren Schaffens.

Die zwei Monate, in denen wir seine Werke zeigten, waren

sehr schlimm für einen Fan wie mich. Die Besucher kamen nicht mehr, um die Kunst zu bestaunen, sondern machten sich lediglich über sie lustig. Fotos der Kunstwerke kursierten im Internet und wurden regelrecht verspottet. Sogar das größte Kunstmagazin, das normalerweise Lobeshymnen auf Romano gesungen hatte, schrieb nun in einem halbseitigen Artikel, dass sein Stern verblasst sei.

Zu diesem Zeitpunkt war ich mit den Nerven am Ende. Oft blieb ich nach Feierabend noch ein paar Stunden im Museum. Sah mir Romanos Gemälde genauer an und studierte seine Skulptur, so gut es ging. Es war ein verzweifelter Versuch, das Talent meines Helden in ihnen zu finden. Dabei entwickelte ich eine Theorie, die ich allerdings noch überprüfen musste.

Erst drei Wochen nach Ausstellungsende kam Romano zu Fuß zu uns und wollte seine Kunstwerke abholen. Er wirkte völlig verlottert. Er trug einen zotteligen weißen Bart, seine Haare waren zerzaust und seine Kleidung so dreckig, als wäre er draußen mehrfach hingefallen. Auch hatte er drastisch an Gewicht verloren, als würde er nicht ausreichend essen. Dieser Mann tat mir unfassbar leid, und ich bot an, dass ich ihm die Gemälde vorbeibringen könnte. Er könne die Skulpturen und großen Leinwände unmöglich zu Fuß den weiten Weg schleppen.

Romano nickte nur und sagte, er würde anrufen, sobald ich sie ihm bringen sollte. Doch auf diesen Anruf wartete ich in den folgenden Wochen vergebens.

Ich brachte seine Werke vorsichtig in unser Lager, wo sie dann auch blieben. Vor knapp sechs Monaten erhielt ich dann plötzlich einen Anruf von Romanos Nummer.

Als ich den Hörer abnahm, war ich mir sicher, dass es ein Hinterbliebener sein würde, der mir mitteilte, dass mein großes Idol leider verstorben sei, doch zu meiner Überraschung war Romano selbst am Telefon.

Wortkarg wie immer sagte er, dass er neue Werke hätte. Ich könnte sie abholen und ausstellen.

Sofort willigte ich ein, allein der Gedanke, in sein Anwesen zu fahren und den Ort zu sehen, den sonst niemand betreten durfte, erweckte eine ungeahnte Vorfreude in mir.

Als ich fragte, wie seine neue Ausstellung heiße, überlegte er kurz am Telefon, bevor er „Addio“ sagte.

Wir vereinbarten, dass ich am gleichen Abend zu ihm fahren und die Werke in meinen Transporter laden würde. Er offenbarte mir, dass es nur ein Gemälde und eine Statue sei. Der Fakt, dass er überhaupt noch in der Lage war, Kunst zu erschaffen, war schon faszinierend genug, daher spielte die Anzahl seiner Werke für mich keine Rolle.

Als ich am Abend die große Holztür unseres Museums abschloss und mich auf den Weg zu seinem Anwesen machte, musste ich mir eingestehen, dass ich sehr nervös war. Natürlich freute ich mich darauf, das Haus meines Vorbildes zu sehen, gleichermaßen fragte ich mich aber, ob Romano sich überhaupt an unsere Vereinbarung erinnern würde.

Die Sonne war bereits untergegangen, als ich die Mauer seines Grundstücks erreichte. Das Tor am Eingang stand einen kleinen Spalt offen, doch da ich nicht einfach unangekündigt sein Anwesen betreten wollte, drückte ich den Klingelknopf. Nach einigen Momenten absoluter Stille wurde mir klar, dass er die Klingel entweder nicht gehört hatte oder außerstande war, darauf zu reagieren.

Schweren Herzens stieg ich aus dem Wagen, schob das Tor weiter auf und fuhr hindurch, auf das große, mehrstöckige Haus zu, in dem er lebte.

In allen Stockwerken brannte hinter einzelnen Fenstern Licht. Vermutlich vergaß er, beim Verlassen der Räume die Lampen auszuschalten. Ich stieg aus dem Wagen und ging auf die Eingangstür zu. Dort angekommen, bot sich mir ein vertrautes Bild. Ebenso wie das Zugangstor war auch die Haustür nur angelehnt, weswegen ich sie lediglich aufdrücken musste, um mir Zutritt zu verschaffen. Der Anblick, der sich mir im Inneren bot, war schockierend. Die Wohnung sah aus wie ein Schlachtfeld. Am Boden lagen Scherben und vergammelte Essensreste. Anscheinend waren ihm mehrfach Teller heruntergefallen. Auch Vasen waren von Tischen gekippt, Bilder hingen schief an den Wänden, und alles war staubig und dreckig.

Und in diesem ganzen Dreck und Chaos saß in der Ecke des Eingangsbereichs ein Mann. Er war so dürr, dass ich seine Knochen unter der Haut sehen konnte. Er trug lediglich eine Unterhose, umschlang seine Beine mit den Armen und starrte mit aufgerissenen großen Augen auf eine Tür.

Vorsichtig trat ich an ihn heran und fragte, ob alles in Ordnung sei. Noch während ich diese Worte aussprach, kam ich mir dämlich vor. Offensichtlich war rein gar nichts in Ordnung. Romano reagierte nicht, sein Blick blieb starr, so, als hätte er mich überhaupt nicht bemerkt.

Erst als ich fragte, ob ich einen Krankenwagen rufen solle, ruckte sein Kopf herum, und er begegnete meinem Blick, ohne zu blinzeln. Ich schrak zurück, da ich das Gefühl hatte, gerade nicht in die Augen eines Menschen zu sehen. Ebenso, wie seine Bildmotive an Kontur verloren, war auch er kaum noch als Mensch zu erkennen. Er war nur noch ein Fragment seines einstigen Glanzes.

Mit zittriger Stimme sagte er, dass ich auf keinen Fall einen Krankenwagen rufen solle. Entgegen jeder Wahrheit behauptete er, es gehe ihm gut, und die Kunstwerke stünden in der Küche, ich könne sie mitnehmen und solle dann verschwinden.

Um ihn nicht weiter zu verärgern, nickte ich kurz und ging zu dem Raum, zu dem er mit seiner knöchrigen, zittrigen Hand deutete.

Und tatsächlich. In der stinkenden und schimmligen Küche, die übersät war mit Scherben und Essensresten, standen ein Bild und eine weitere Statue.

Das Bild zeigte nicht mal mehr ein menschliches Gesicht, sondern vielmehr wirre Formen, die scheinbar wahllos mit Bleistift skizziert waren. Man musste eine sehr lebhafte

Fantasie besitzen, um darin noch den Hauch eines Menschen zu sehen. Als Selbstporträt war dieses Bild unbrauchbar, lediglich der Name Romano, kaum lesbar in die Ecke gekritzelt, gab dem Gemälde wenigstens ein wenig Wert.

Was mich aber mehr entsetzte, war die Skulptur. Während ich schon in der letzten Ausstellung den anatomischen Verfall der Motive begutachten konnte, war er nun evidenter denn je.

In liegender Position sah ich ein Etwas, das mal ein Mensch gewesen sein mochte. Die einst womöglich wunderschöne Person war nun lediglich ein Gerippe, dessen Knochengerüst von straffer Haut überspannt war. Kein bisschen Fett war mehr an dem nackten Körper zu erblicken. Die Wangen waren so eingefallen, dass sich die Zähne im Kiefer abzeichneten, und die glasigen Augen waren geöffnet.

Es bestand kein Zweifel daran, dass die wunderschöne Jungfer tot war. Die Skulptur war wie ein Sinnbild dafür, dass der Künstler sein Ansehen für immer verloren hatte. Doch während ich so dastand und sie mir in ihrem perfekten Detail ansah, verstand ich es plötzlich. Das, was ich all die Jahre zu begreifen versucht hatte, offenbarte sich mir nun wie ein Geistesblitz.

Ich verstand, was Romano tat, ich verstand seine Kunst! Mir wurde klar, wie er die Realität einfing. Und ich war mir sicher, dass ich sie nun endlich perfekt nachahmen könnte! Nervös zitterte meine Unterlippe, als ich mir ausmalte, den Platz meines Meisters einzunehmen. Das nach seinem Ende in der Kunstwelt, das sich seit Jahren anbahnte, nun ich an seine Stelle treten könnte. Ich wusste jetzt, wie ich ein Meisterwerk kreieren könnte, das der Kunst Romanos entspräche.

Ich lud alles, was ich dazu brauchte, in den Transporter, und fuhr danach erst zu mir nach Hause und dann ins Museum.

Noch in der Nacht bereitete ich die Ausstellung wie ein Wahnsinniger vor. Die einzigen Exponate im großen Saal waren nun die Statue und das Gemälde. Die letzten Werke, die Guiseppe Antonio Romano jemals erschaffen würde. Nachdem alles arrangiert war, ging ich an den Computer und schrieb diverse Magazine und Zeitungen an. Da diese Ausstellung noch nicht angekündigt war, sollten sie kurzfristig überall verbreiten, dass die neusten Werke Romanos nun ausgestellt seien.

Dann war meine Arbeit getan. Ich fuhr zurück zu mir nach Hause und setzte mich direkt an mein eigenes Kunstwerk, an meine eigene Skulptur.

Am nächsten Tag öffnete die Ausstellung, und einige Besucher warteten bereits ungeduldig darauf, die neuen Werke zu erblicken.

Sie alle waren fassungslos, als sie sahen, was für Kunstwerke Romano mit seinem schwindenden Verstand inzwischen erschuf. Knapp eine Woche kamen die Leute, um seine Kunst zu sehen, bis ein Besucher plötzlich die Polizei rief.

Der Mann hatte schon oft Romanos Ausstellungen besucht. Mehrfach hatte ich ihn gesehen und vermute, dass er, ebenso wie ich, zu den Anhängern des Künstlers gehörte. Die nun verfallene Kunst zu sehen machte ihm scheinbar eine solche Angst, dass er sich gezwungen sah, die Behörden zu alarmieren.

Die Polizei nahm den besorgten Anrufer ernst und fuhr umgehend zum Anwesen Romanos, um nach dem Rechten zu sehen. Sie wollten sichergehen, dass es dem berühmten Künstler gut ging. Doch als sie da ankamen, fanden sie ihn nicht.

Sie durchsuchten sein gesamtes Haus. Jeder Winkel des Anwesens wurde genaustens überprüft. Sogar im Garten wurden alle Büsche und Hecken abgesucht, in denen Romano sich verstecken könnte. Und während sie nach dem verschollenen Mann – oder vielleicht auch nur nach seiner Leiche – suchten, fanden sie etwas anderes.

Wie ich sagte, verliert ein dementer Künstler die Fähigkeit, sein eigenes Aussehen zu verstehen. Andere Dinge hingegen kann er sehr gut darstellen. Dinge, die er mit eigenen Augen sieht, kann er in perfektem Detail malen oder modellieren. Und diese Fähigkeit hatte Romano genutzt.

Im Keller des Anwesens fand die Polizei die an die Wand angekettete Leiche einer verhungerten jungen Frau. Ihr Körper war von Maden angefressen worden, trotzdem konnte man klar erkennen, dass sie die Inspiration für die Jungfer gewesen war.

Als man Romanos Schlafzimmer durchsuchte und mehrere Fotoalben fand, wurde klar, wer die tote Frau war.

Seine Tochter. Ihre Gesichtszüge sahen den seinen so ähnlich, wie es nur ging.

Als seine Frau ihn verließ, hatte sie die Tochter bei ihm gelassen, und Romano hatte sie hinter verschlossenen Türen auf seinem Anwesen großgezogen. Niemand wusste, dass er eine Tochter hatte, aber scheinbar hatte er sich aufgrund ihres Aussehens so sehr in sie verliebt, dass er sie zu seiner Muse machte.

Bevor die Demenz seinen Verstand verfallen ließ, stellte er mit den Skulpturen glückliche Momente mit seiner Tochter dar. Wie sie tanzte, für ihn posierte oder einfach nur lebte. Doch als er langsam abbaute, hatte er sich offenbar nicht mehr ordentlich um sie gekümmert.

Vermutlich hatte er ihr immer weniger zu essen gegeben, weil er selbst zunehmend außerstande war, etwas zu sich zu nehmen. Als sie dann hatte flüchten wollen, so glaubte die Polizei, hatte er sie angekettet, um seine Inspiration nicht zu verlieren. Er klammerte sich an sie, da sie das Letzte war, das seiner Kunst Halt gab. Während ihr Körper schwächer wurde, fing er ihr Leid mit seinen Werken ein. So lange, bis sie starb. Ihre Leiche wurde zur letzten Skulptur, die er je anfertigte.

Monatelang suchte die Polizei nach ihm. Überall in Florenz hingen Plakate und Steckbriefe, die die Bevölkerung dazu aufriefen, sich zu melden, falls jemand den verschollenen Künstler gesehen habe. Sogar internationale Nachrichten berichteten von der erfolglosen Suche. Das große Kunstmagazin, das zuvor Romanos Werke zerrissen hatte, schrieb nun wehmütig aufs Titelblatt, über einem Schwarz-Weiß-Foto des eigentlich abgeschriebenen Künstlers: „Ein Loch wurde in die Kunstwelt und unsere Herzen gerissen."

Und sie hatten recht, es war ein Loch in die Kunstwelt gerissen worden, eine Lücke entstand, die gefüllt werden musste.

Und ich füllte sie.

Fünf Monate nachdem Romano verschwunden war, stellte ich in meinem Museum meine erste Skulptur aus.

Sie stand unter dem Titel „Imitazione" mitten im großen Kunstraum, der sonst stets den Werken meines Idols vorbehalten gewesen war.

Sie zeigte den abgemagerten Romano, wie er nur in Unterwäsche weinend auf dem Boden sitzt und seine dürren Finger in die Beine krallt. Hunderte Besucher kamen und sahen sich die Skulptur an. Ich wurde mit Lob überhäuft. Manche Zeitschriften schrieben sogar, dass in mir ein würdiger Schüler Romanos gefunden sei. Mit meiner Skulptur machte ich mir einen Namen in der Kunstwelt, und zwar, weil ich den traurigen Anblick dieser einstigen Ikone in perfektem Detail eingefangen hatte.

Und das fiel mir auch gar nicht so schwer. Fünf Monate hatte ich mühsam jede Feinheit ausgearbeitet. Glücklicherweise hatte ich dafür mein Modell die ganze Zeit vor meinen Augen.

Die Polizei hegte nie den Verdacht, dass ich Romano entführt haben könnte, und so saß er nun eingesperrt in meinem Keller und wurde zu meiner Muse. So wie er seine Tochter als Referenz für seine Kunst brauchte, brauchte ich ihn.

Ich freue mich auf unsere zukünftigen Werke.

ELTERNGLÜCK

Was gibt es Schöneres, als zum ersten Mal sein eigenes Kind in den Armen zu halten? Zum ersten Mal zu hören, wie die Lungen dieses kleinen Wunders sich mit Luft füllen und dann einen lauten Schrei entweichen lassen, der unweigerlich von Gesundheit zeugt. Auch wenn beim Atmen mal ein raues Husten verklingen mag.

Die Geburt unseres Sohnes war anstrengend gewesen, seine Mutter weigerte sich vehement, im Krankenhaus zu gebären, und so brachten wir das Kind, nur mithilfe einiger Internetseiten, in unserem Wohnzimmer zur Welt.

Die ganze Zeit hatte ich unfassbare Panik davor, dass ich etwas falsch machen, dass dem Kleinen oder der Mutter etwas zustoßen könnte, aber glücklicherweise klappte alles relativ reibungslos.

Ich konnte es einfach nicht fassen, meinen Jungen in den Händen zu halten. Wir nannten ihn Dustin – so hatte mein Vater geheißen. Er war leider vor zwei Jahren gestorben, was uns sehr belastete und mitnahm. Bis zum Schluss hatten wir ihn in seinem Haus gepflegt und sind nach seinem Tod dort wohnen geblieben. Meine Mutter weilte schon seit über zehn Jahren nicht mehr unter uns, daher wäre das Haus am Ende vermutlich verkauft worden, wenn wir es nicht übernommen hätten.

Das wollte ich auf keinen Fall zulassen. Zu viele Erinnerungen an meine Kindheit verband ich mit dem alten Gemäuer, das bereits vor 1900 gebaut worden war.

In meiner Jugend lebten wir sehr zurückgezogen. Unser Haus lag recht versteckt in einem großen Wald, und nur ein sandiger Weg führte zu unserer Auffahrt. Der Sandweg war so lang, dass der Postbote nicht einmal bis zu unserer Haustür kam, um uns Briefe und Pakete zu übergeben. Stattdessen nutzte er den großen Briefkasten, den mein Vater am Anfang des sandigen Weges aufgestellt hatte. Der Wald rings um das Haus war wunderschön. Morgens, wenn die Sonne aufgegangen war, konnte man das Fenster öffnen und die Vögel zwitschern hören. Überall im Wald gab es kleine Bäche, und ich genoss es vor allem in der Abendsonne, die unterschiedlichen Tiere zu beobachten, die sich um unser Grundstück tummelten. Nur nachts konnte der Wald schon sehr beängstigend sein, aber ich denke, es ist normal für ein Kind, Angst vor dunklen Wäldern zu haben. Meistens spielte ich in meiner Freizeit alleine oder mit meiner jüngeren Schwester Sara im Wald. Die nächste Stadt lag gut 50 Minuten Fußmarsch entfernt, daher waren andere Kinder in unserer Gegend eine Seltenheit. Viele würden es vermutlich hassen, so abgeschieden aufzuwachsen, schließlich gab es hier weder Geschäfte noch eine Schule. Doch das war für meine Familie nie ein Problem. Meine Eltern unterrichteten mich und meine jüngere Schwester zu Hause, statt uns auf eine öffentliche Schule gehen zu lassen. Wenn wir neue Möbel brauchten, baute mein Vater, der als Tischler arbeitete, sie selbst. Lediglich einmal die Woche fuhr er oder meine Mutter in den nächsten Ort, um Lebensmittel einzukaufen. Im kleinen Gemüsegarten pflanzten wir zusätzlich alles Mögliche an.

Wegen unserer Wohnlage konnte ich leider nie einem Sportverein beitreten, geschweige denn groß Kontakte zu anderen in meinem Alter knüpfen. Manchmal lernte ich beim Spielen in der Natur ein anderes Kind kennen, das zum Beispiel mit seinen Eltern wandern war oder zu einem Bauernhof in der Nähe gehörte, aber wenn ich es zu mir nach Hause einlud, schimpften meine Eltern mich umgehend aus. Sie sagten, dass niemand unser Grundstück betreten darf, der nicht zur Familie gehörte. Als ich also einmal mit einem Mädchen heimkam, das ich beim Spielen an einem Bach getroffen hatte, wurde mein Vater rasend vor Wut. Ohne zu zögern, warf er sie raus, schrie sie an, sie solle nie wiederkommen und mit niemandem über uns reden. Daraufhin schmetterte er die Tür hinter ihr zu und packte mich am Oberarm.

War mein Vater wütend, war sein Griff immer unfassbar stark, sodass ich vor Schmerz zusammenzuckte und das Gesicht verzog. Er sah mir tief in die Augen und brüllte:

„Du kennst doch die Regeln! Niemand darf zu uns nach

Hause, der nicht zur Familie gehört, niemand da draußen würde uns akzeptieren!“ Diesen Satz sagte mein Vater immer wieder: „Sie würden uns nie akzeptieren!“ Ich verstand allerdings nicht, was er damit meinte. Meine gesamte Jugend war ich in diesen vier Wänden aufgewachsen und hielt mich deshalb stets für seltsam oder ungewöhnlich. Ein Außenseiter, den niemand akzeptieren würde, der nicht zu meiner engen Familie gehörte. Ständig fragte ich mich, was mit mir los sei, ein Blick in den Spiegel zeigte mir doch, dass ich relativ normal aussah. Mein Vater hatte unrecht, die Leute könnten mich akzeptieren! Als ich 18 war und mein Vater sehr krank wurde, konnte er seinem Job als Tischler nicht mehr nachgehen. Da er selbstständig war und keine Krankenversicherung besaß, mangelte es uns an Geld, weswegen es mir zufiel, die Familie zu unterstützen.

Also fuhr ich mit dem Fahrrad den weiten Weg in die Stadt und suchte mir einen Job. Da ich keinen regulären Schulabschluss vorweisen konnte und es mir auch sonst an vielen Dokumenten fehlte, lehnten die meisten Geschäfte und Firmen meine Anfragen umgehend ab. Doch ein privat geführter Supermarkt wollte mir eine Chance geben. Als ich dem Inhaber erzählte, dass ich das Geld bräuchte, um meinen Vater zu pflegen, stellte er mich ein.

Und ich machte meinen Job gut! Jeden Tag fuhr ich zum Laden, räumte Produkte ein, half Kunden, wenn sie etwas nicht finden konnten, oder wischte den Boden. Und dieser Job machte mir nicht nur Spaß und brachte gutes Geld ein, ich fand im Kreis der Kollegen sogar Freunde.

Abseits vom Chef und einer älteren Frau namens Nadine, die stets an der Kasse saß und gefühlt von Woche zu Woche mürrischer wurde, waren die meisten Angestellten in meinem Alter. Mit dreien von ihnen freundete ich mich an: Simon, Kirill und Eva.

Aus anfänglichem Smalltalk wurden tiefgründigere Gespräche. Aus einem gemeinsamen Mittagessen in der Pause wurden Treffen in der Freizeit, die jeweils bei einem von uns zu Hause stattfanden. Obwohl, so ganz stimmt das nicht. Zwar ging ich im Laufe der Zeit zu meinen Freunden nach Hause, aber zu mir lud ich sie nie ein. Solange mein Vater lebte, wollte ich ihn nicht damit stressen, dass ich gegen die Besucherregel verstieß.

Außerdem steckte mir die Erziehung meiner Eltern tief in den Knochen, derzufolge ich mich eigentlich vor anderen hätte abschotten müssen. Einige Monate vergingen, meinem Vater ging es stetig schlechter, und die Freundschaft zu meinen Kollegen wurde enger. Allgemein war es schön, von zu Hause wegzukommen und ein wenig von der Welt zu sehen. Ich mochte es einfach, neue Leute kennenzulernen, wenn auch meistens nur flüchtig. Doch obwohl meine Freundschaften sich immer weiter festigten, gab ich nur wenig von mir preis. Mein Privatleben, egal was gerade vor sich ging, behielt ich für mich. Ich erzählte meinen Freunden nicht, dass ich zu Hause unterrichtet wurde, wie schlimm es wirklich um meinen Vater stand oder was ich am Wochenende so machte. Ich war sogar so verschlossen, dass ich ihnen nicht mal von dem Mädchen erzählte, mit dem ich eine Beziehung eingegangen war, die immer ernster wurde.

Ihr müsst wissen, eigentlich fühlte ich mich noch zu jung, um ein Kind großzuziehen, und fand, dass das alles ziemlich schnell ging. Aber es war der große Wunsch meines Vaters gewesen, vor seinem Tod ein Enkelkind in den Armen halten zu dürfen. Daher gab ich mein Bestes, ihm diesen Wunsch zu erfüllen. Leider kam sein Tod früher als erwartet. Er verstarb, nur zwei Monate nachdem er seinen „letzten Wunsch" geäußert hatte – wenn man es denn so nennen will. In der Zeit hatte es mit der Schwangerschaft noch nicht geklappt, und selbst wenn, hätte er die Geburt des Kindes unmöglich miterleben können. Doch auch nach seinem Tod versuchten wir es weiter, zum Teil, weil wir ihm post mortem seinen letzten Willen noch irgendwie erfüllen wollten.

Aber all das verschwieg ich meinen Freunden. Ich hatte Angst davor, ihnen etwas zu erzählen und nachher als

Außenseiter zu gelten. Einfach, weil ich nicht wie sie auf eine normale Schule ging oder so. Ich befürchtete, sie würden mich abwerten, obwohl ich wusste, dass sie sehr verständnisvolle und gute Menschen waren. Sicher, Eva ärgerte mich manchmal ein wenig, sagte, ich sei vielleicht ein Krimineller, der seine Vergangenheit verstecken will, aber das waren nur lieb gemeinte Späße.

Als sie mich aber einmal damit aufzogen, dass ich Jungfrau wäre und sie mir doch eine Freundin suchen könnten, sagte ich ihnen, dass ich bereits eine habe. Es platzte einfach so aus mir heraus, weil ich mich verteidigen wollte, und ich bereute es direkt sofort.

Meine Truppe war natürlich sofort interessiert, wollte mehr über sie wissen, ich gab aber nichts preis. Sie hakten noch ein paar Male nach, doch ich blieb standhaft, ich bin mir sicher, dass sie mir nicht glaubten, dass ich eine Partnerin hatte, aber sie ließen mich in Ruhe.

Die Zeit verging, und irgendwann klappte es! Nach Monaten des Versuchens wurde sie endlich schwanger! Ich war überglücklich und hatte das Gefühl, dass mein Vater stolz auf uns war. Wir hatten seinen Wunsch in greifbare Nähe gerückt. Weiterhin behielt ich alles für mich, ließ nichts von meiner Freude nach Außen durchscheinen und machte weiter wie zuvor.

Doch dann kam er, der Moment der Geburt. Der Moment, in dem ich Dustin endlich in den Armen hielt und ihn ansah. Er war wunderschön. Man konnte klar erkennen, dass er seiner Mutter wie aus dem Gesicht geschnitten war. Er hatte die gleichen Augen, die gleiche rundliche Gesichtsform und sogar die Einkerbung an der Lippe war dieselbe.

Es war so unglaublich schön, ihn in meinem Leben zu haben. Und in dem Moment, als ich ihn ansah, als ich dieses Glück verspürte, wusste ich, dass es Zeit war, die Scharade zu beenden.

Lange genug hatte ich mein Leben versteckt, ich wollte nicht, dass Dustin so zurückgezogen aufwachsen musste wie ich. Er sollte ein glückliches Kind werden, dass ein normales Leben führen konnte. Daher entschied ich, dass meine Freunde uns besuchen durften. Ich war bereit, ihnen alles zu zeigen. Mein Vater war tot, er konnte die Regeln nicht mehr festlegen! Nun war ich der Herr im Haus!

Umgehend rief ich Eva, Kirill und Simon an und lud sie zu mir ein, weil ich ihnen etwas Tolles zeigen wolle. Ich gab ihnen am Telefon meine Adresse durch, und einige Zeit später hörte ich, wie Kirills altes Auto in der Auffahrt parkte.

Ich war so aufgeregt und stand an der Tür bereit, um sie hereinzulassen. Einen nach dem Anderen nahm ich in den Arm und drückte sie so herzlich, wie ich nur konnte. Sie waren alle ziemlich verwirrt von meinem plötzlichen Sinneswandel, aber ich glaubte, sie waren glücklich, endlich mal bei mir zu Hause zu sein.

Und dann brachte ich sie ins Schlafzimmer. Dort saß meine wundervolle Partnerin mit Dustin auf dem Arm und lächelte meine Freunde an, die sie bis dahin noch nie gesehen hatte, aber von denen ich ihr viel erzählte. Ohne eine Sekunde verstreichen zu lassen, erklärte ich ihnen alles, nahm währenddessen Dustin hoch und bot meinen Freunden an, ihn auch mal in den Armen zu halten.

Eigentlich hatte ich erwartet, dass meine Freunde sich für mich freuten. Dass sie jubelten und mich in den Arm nähmen. Mich fragen, wer denn Pate werden dürfe und so weiter. Doch ihre Reaktion fiel anders aus. Keiner sagte ein Wort.

Mit weit aufgerissenen Augen starrten sie lediglich Dustin an. Zunächst dachte ich, sie wären sprachlos wegen der ganzen Informationen, die alle auf einmal auf sie einprasselten. Doch in ihren Gesichtern sah ich kein Anzeichen auf Überforderung, sondern echte Furcht. Es wirkte so, als hätte Dustins Anblick sie wirklich verängstigt, nur verstand ich nicht wieso. Er war ein so süßes Kind, warum sahen die anderen ihn so ängstlich an?

Für einen Moment herrschte gespenstische Stille, die Dustin jedoch mit einem Hustenanfall unterbrach. Als sein raues Husten erklang, sagte Eva, ohne den Blick von meinem Sohn abzuwenden, dass sie ganz schnell gehen müssten.

Natürlich fragte ich sie, was los sei, doch sie antworteten nicht. Wortlos und schnellen Schrittes, beinahe rennend, verließen sie das Haus, stiegen ins Auto und fuhren davon.

Ich blieb, mit Dustin auf dem Arm, ratlos im Türrahmen meiner Haustür zurück.

Die nächsten Stunden versuchte ich mein Bestes, die anderen zu erreichen. Ich wollte den Grund für ihr seltsames Verhalten erfahren, aber keiner ging ans Telefon. Meine WhatsApp-Nachrichten blieben entweder ungelesen, oder sie lasen sie, antworteten aber nicht. Irgendetwas an meinem Sohn musste diese Menschen, die meine engsten Freunde waren, so eingeschüchtert haben, dass sie sich nicht mehr trauten, mit mir zu reden.

Während ich zum gefühlt hundertsten Mal bei Eva anrief, stand ich an Dustins Kinderbettchen und betrachtete ihn. Wieso hatten sie solche Angst vor ihm gehabt?

Erneut erklang Evas Stimme auf ihrem Anrufbeantworter und forderte mich auf, eine Nachricht zu hinterlassen, was ich bereits ein Dutzend mal getan hatte, und ich legte auf. Schweigend stand ich da und beobachtete den Kleinen. Und da fiel mir etwas auf. Er sah wirklich ein wenig seltsam aus.

Nicht nur hatte er die Einkerbung in seiner Lippe, auch war sein Kinn ziemlich groß. Zudem war er recht klein und dünn, doch ich hatte das für normal gehalten.

Je länger ich Dustin betrachtete, desto mehr Eigenheiten fielen mir an ihm auf, die ich nach der Geburt durch meine rosarote Brille ausgeblendet hatte. Seine flache Stirn, die unterschiedlich großen Augen. Auch wenn sie nicht allzu auffällig waren, so waren sie doch ungewöhnlich.

Dann hustete er wieder, und ich hörte seine merkwürdig raue Stimme. War so eine Stimme für ein Baby normal? Sie klang so seltsam, beinahe verzerrt und kratzig.

Bestimmt eine Stunde stand ich da und starrte Dustin an. Allmählich verspürte ich ein ungutes Gefühl in der Magengegend. Mir wurde plötzlich klar, dass mit ihm etwas nicht stimmte. Je länger ich ihn ansah, desto mehr festigte sich mein Eindruck, dass ich etwas vor mir hatte, das nicht normal war. Nicht menschlich.

Ich holte seine Mutter dazu und erzählte ihr von meinen Überlegungen, und während sie ihn ansah, brach sie plötzlich in Tränen aus und stimmte mir zu. Auch ihr waren diese merkwürdigen Dinge schon aufgefallen, doch wollte sie sie einfach verdrängen. Sie hoffte so sehr, dass alles normal wäre und ihre Sorge unbegründet sei, doch wir beide begriffen, was hier los war. Und mir kam ein böser Gedanke.

Was, wenn ich wirklich anders war, was, wenn auf mir ein Fluch lag, den ich nun auf meinen Sohn übertragen hatte? Mir fehlten die Beweise für meine seltsame These, doch während ich Dustins tiefe, raue Stimme hörte und in seine deformierten Augen blickte, wurde ich das Gefühl nicht los, gerade einen Dämon vor mir zu haben.

Im Religionsunterricht hatte mir meine Mutter viel von Dämonen und dem Teufel erzählt. Von Wesen, die Menschen heimsuchen und übernehmen. Gefährliche Kreaturen, deren einziges Ziel es sei, alles zu zerstören. Auch sie sahen immer unnatürlich aus, zwar noch wie Menschen, aber irgendwie anders. Und auch sie hatten seltsam tiefe Stimmen.

Mit den Tränen ringend, erzählte ich ihr von meiner Theorie. Wir beide fingen an, bitterlich zu weinen, weil wir ganz genau wussten, was wir zu tun hatten. Wir waren vom Teufel bestraft worden, vermutlich, weil wir etwas Sündiges getan hatten, doch nun müssten wir das Richtige tun. Wir hatten keine Wahl.

Zitternd nahm ich ein Kissen vom Bett, ging zum Kinderbettchen und drückte es fest auf Dustins Gesicht. Tränen liefen mir über die Wangen und tropften still auf das Kissen und meine Hände.

Anfangs hörte ich noch sein Husten und spürte, wie sein kleiner Körper zappelte. Doch je länger ich wartete und je fester ich zudrückte, desto stiller wurde er, und irgendwann, war nichts mehr zu hören.

Er war tot.

Nie zuvor war ich so sehr in Tränen aufgelöst gewesen. Nur das Weinen seiner Mutter übertönte mein Wehklagen.

Schwer atmend und am ganzen Körper zitternd sah ich die Mutter meines nun toten Kindes an und nahm sie in den Arm. Sie drückte ihr Gesicht fest gegen meine Brust, während ihre Tränen auf meinem Shirt nasse, dunkle Flecken hinterließen.

Immer wieder sagte ich ihr, dass alles gut werden würde. Dass wir das Richtige getan hatten. Dass wir stark seien.

Nach ein paar Minuten inniger Umarmung wich sie einen Schritt von mir zurück und strich mir mit der Hand über die Wange, um auch mir die Tränen wegzuwischen. Hoffnungsvoll sagte sie: „Vielleicht wird unser nächstes Kind ja normal!“

Ich gab mein Bestes, weitere Tränen zu unterdrücken, blickte in das tapfere Gesicht meiner Schwester Sara und gab ihr einen Kuss, bevor ich sagte: „Ja, vielleicht. Wir können es nur hoffen.“

HIIIILFEE!

DAS ROHR IM WALD

Der Herbst ist in meinen Augen die mit Abstand schönste Jahreszeit. Nach einem zeitweise brutal heißen Sommer kühlt sich die Luft auf eine angenehme Temperatur ab. Frische Luft durchströmt die Lungen, während man zusehen kann, wie die Laubbäume ihre Farbe ändern und der Wald in einem bunten Durcheinander unterschiedlichster Braun-, Gelb-, Orange- und Rottöne erstrahlt.

Seit meiner Kindheit wohnte ich in der kleinen Ortschaft Hutchins in Vermont, die wunderschön gelegen ist an den riesigen Laub- und Mischwäldern der Green Mountains. Hutchins war so unbedeutend und klein, dass sogar in den nahe gelegenen Städten Enosburgh und Albany niemand davon gehört hatte.

Unser Ort bestand nur aus ein paar Häusern. Jeder kannte jeden, und für die Anwohner war ich immer das „Enkelkind Percy". Der Grund dafür war, dass meine Eltern bei einem Autounfall umkamen, als ich zwei Jahre alt gewesen war, und ich seither bei meinem Großvater lebte.

Er war ein liebevoller Mann, der sich hingebungsvoll um mich kümmerte und stets darauf achtete, dass es mir an nichts mangelte. Man respektierte ihn sehr im Dorf, er mähte häufig den Rasen der Nachbarn oder passte gelegentlich auf deren Hunde auf, wenn sie zur Arbeit mussten und keinen Hundesitter fanden. Er war ein unglaublich empathischer Mann, der stets erkannte, wenn einen etwas plagte. Wann immer ich traurig war und es nicht nach außen zeigen wollte, las er mich wie ein offenes Buch. Als meine Freundin mich damals verließ, versuchte ich, die Emotionen herunterzuschlucken. Ich wollte die Wut und Trauer in mir verdrängen, da ich Angst hatte, mich mit diesen Gefühlen auseinanderzusetzen. Ich war noch jung, gerade mal 16 Jahre alt. Und obwohl ich alles gab, um meine Scharade aufrechtzuerhalten, immer lächelte, Scherze machte und versuchte, normal zu wirken, wusste Opa sofort, dass etwas nicht stimmte.

Mit niemandem hätte ich über meine Gefühle sprechen können, doch mein Großvater schaffte es auf seine besondere

Art, mein Innerstes nach außen zu kehren und die Wahrheit zu erfahren. Er kam einfach in mein Zimmer, setzte sich zu mir, atmete tief durch, blickte geradeaus in den Raum und sagte mit seiner ruhigen, sanften Stimme: „Ich hör dir zu. Ob jetzt oder später. Ich hör dir zu."

Und als hätte er einen Schalter in mir umgelegt, erzählte ich ihm gleich, was mich bedrückte. Ich weinte in seinem Arm, und er gab mir das Gefühl, verstanden zu werden. Vermutlich konnte er meine Lage so gut nachempfinden, weil er selbst mit unterdrückter Trauer und bösen Gedanken Erfahrung hatte. Denn es gibt ein dunkles Kapitel in unserer Familiengeschichte.

Mein Opa sagte mir einmal, dass ich seinem Leben wieder einen Sinn gegeben hätte, nachdem meine Oma verschwunden und meine Mutter ausgezogen war. Die Geschichte von Omas Verschwinden wurde in meiner Familie selten thematisiert. Es gab damals in Vermont eine gruselige Serie von Vermisstenfällen. Insgesamt verschwanden sieben junge Frauen im Alter zwischen 22 und 36. Bis auf einige Besitztümer wie das Auto, verlorene Schuhe oder eine Handtasche hinterließen sie nichts, was der Polizei einen Hinweis darauf gegeben hätte, was mit ihnen passiert war. Die Vermutung lag nahe, dass ein Serientäter sein Unwesen trieb, und meine Oma zählte zu den verschwundenen Frauen. Sie war 32 Jahre alt gewesen, als sie plötzlich verschwand und mein Opa sie vermisst meldete.

Man fand damals zwar ihr Auto, welches in einem nahe gelegenen See versenkt worden war, doch ihr Verbleib wurde nie geklärt. Es gab viele offene Fragen, die die Polizei nicht beantworten konnte und die meine Verwandten nicht tiefer ergründen wollten.

Es war eine schwere Zeit für meine ganze Familie, aber wir standen sie gemeinsam durch. Mein Opa zog meine Mutter alleine groß, genau wie er es bei mir tat, und verdrängte vermutlich all das, was ihm nachts den Schlaf raubte. Wie gesagt, er war ein starker, empathischer Mann, nur was sein Leben anging, war er häufig in sich gekehrt. Ich habe viel von ihm gelernt, mehr als er sich vorstellen konnte.

Und eine Sache, die ich von ihm lernte, war, den Wald wertzuschätzen und all die Tiere, die darin lebten.

Sobald der Herbst einbrach, fuhr Opa stets mit mir in die Wälder. Wir spazierten stundenlang die malerischen Wanderwege entlang, saßen an Seen, er zeigte mir, wie ich Steine über das Wasser springen lassen konnte, und er sammelte häufig mit mir Pilze.

Opa kannte sich gut mit Pilzen aus und gab sein Wissen an mich weiter. Er konnte jede Sorte benennen, auch wenn ich mittlerweile glaube, dass er sich manchmal nur Namen ausdachte, um nicht ahnungslos zu wirken, denn manche Arten wie den „Graustiefeligen Giftschirm" oder den „Gepunkteten Bitterschmecker" konnte ich im Internet nie finden.

Ich genoss es immer sehr, mit ihm durch die Wälder zu streifen und alle möglichen Pilze zu sammeln, aus denen er abends eine Suppe zubereitete. Wir saßen dann in seinem Wohnzimmer, schauten mir zuliebe im Fernsehen einen Cartoon und löffelten dampfende Suppe. Das waren schöne und einfache Zeiten damals.

Als ich 23 wurde, stand ich kurz davor, mein Studium zu beenden, und besuchte ihn übers Wochenende bei sich zu Hause.

Ich hatte mich darauf gefreut, meinen sehr alten Herren, wie ich ihn häufig aus Spaß nannte, wiederzusehen, doch als ich bei ihm ankam, merkte ich, dass etwas nicht stimmte. Im Briefkasten steckte eine Zeitung, und der Zeitungsjunge, der alle drei Tage vorbeikam, hatte eine weitere oben auf den Kasten gelegt. Für gewöhnlich holte mein Opa die Zeitung direkt rein und plauderte vorher noch nett mit dem Boten. Es sah ihm nicht ähnlich, das zu vergessen.

Als ich die Haustür langsam öffnete, nahm ich einen ekelhaft süßlichen Geruch wahr, der mich innerhalb kürzester Zeit umgab und mir nicht mehr aus der Nase ging. Auch wenn ich den Duft der Verwesung zuvor noch nie hatte riechen müssen, wusste ich in diesem Moment sofort, was mich im Inneren des Hauses erwarten würde.

Ich rief nicht nach meinem Opa wie sonst, wenn ich nach Wochen zu ihm zurückkehrte, sondern trat vorsichtig ein und ging durch den Flur, um die Quelle des Gestanks ausfindig zu machen.

Es dauerte nicht lange, bis ich ihn fand. Am Ende der Treppe, in einer Lache aus getrocknetem Blut, lag mein Großvater leblos am Boden. Er trug noch seinen Schlafanzug.

Als ich ihn fand, schrie ich nicht, wie man es aus Serien kennt, und ich weinte auch nicht, zumindest nicht sofort, der Schock saß zu tief in mir.

Umgehend rief ich einen Krankenwagen und alarmierte die Polizei, während ich mich in die Küche setzte und aus dem Fenster starrte. Ich versuchte krampfhaft, das Erlebte zu verarbeiten.

Von da an ging alles ganz schnell. Es wurde festgestellt, dass mein Opa auf der Treppe gestolpert oder ausgerutscht und mit dem Kopf am Boden aufgeschlagen war. Vermutlich war er sofort tot gewesen, zumindest ließ der starke Blutverlust den Schluss zu. Die Hoffnung, dass er nicht sonderlich gelitten hatte, half mir dabei, seinen Tod zu verkraften, wenn auch nicht sehr.

Er war stets mein Held und Mentor gewesen. Egal wie oft mir das Leben zu viel wurde, mich Ängste plagten oder der Klausurstress mich unter sich begrub: Er war immer für mich da, und nun war er von heute auf morgen fort.

Seit diesem verhängnisvollem Tag sind sieben Jahre vergangen, und ich habe nach seinem Tod das Grundstück übernommen. Meine Tante sagte mir immer, ich solle das Haus einfach vergessen und in die Großstadt ziehen. Sie behauptete, dort sei es für einen jungen Mann wie mich viel schöner, doch ich glaube, sie wollte nur das Haus haben und dachte, ich würde es ihr günstig verkaufen.

Doch ich könnte mich niemals von diesem Haus, der Gegend und den Erinnerungen trennen. Indem ich hier wohnen blieb, war Opa noch irgendwie ein Teil meines Lebens, auch wenn ich es vermisste, mit ihm zu reden. Gerne hätte ich noch einmal ein paar Worte mit ihm gewechselt.

Und eine der Traditionen, die ich allein aus Liebe zu ihm stets beibehielt, war das Sammeln von Pilzen.

Wie auch in den vergangenen Jahren ging ich Mitte Oktober mit dem großen Korb, den ich schon seit meiner Kindheit nutzte, ringsum durch die Wälder und sammelte alle möglichen Pilze. Mein Wissen darüber war zwar ausgeprägter als das meiner Freunde, aber mit Opa konnte ich natürlich nicht mithalten. Daher nahm ich nur Pilze mit, die ich auch wirklich sicher als essbar einstufen konnte. Manch einer würde vermutlich einfach online nachschlagen, um was für eine Pilzart es sich jeweils handelte, doch in dieser abgelegenen Gegend, mitten im Wald, wohin sich normalerweise kaum jemand verirrt, gibt es keinen sonderlich guten Empfang. Die meiste Zeit hat man hier weder Netz noch Internet. In seltenen Fällen zeigt das Empfangssymbol kurz einen Balken, der allerdings jederzeit wieder verschwinden konnte. Man war von der Zivilisation größtenteils abgeschnitten.

Ein paar Stunden war ich bereits durch den bunten Wald spaziert. Da es in dieser Gegend viele Pilzsammler gab, entschied ich mich, abseits der gewöhnlichen Routen und Wege nach Pilzen zu suchen, tiefer im Dickicht, wo ich niemandem begegnen würde.

Mit dieser Taktik hatte ich nicht nur viel Glück, sondern fand auch hin und wieder unberührte Lichtungen oder Bäche, die auf den meisten Karten vermutlich nicht einmal eingezeichnet waren.

Doch an diesem Tag, während ich meine Suche fortsetzte, fand ich etwas, mit dem ich nie gerechnet hätte.

Als ich den von Blättern bedeckten Boden absuchte, fiel mir etwas auf, das dort nicht hingehörte. Ein paar Meter entfernt von mir ragte etwas aus dem Erdreich.

Neugierig näherte ich mich dem Objekt und erkannte, dass es sich dabei um eine Art metallisches Rohr handelte, das senkrecht im Boden steckte.

Es war nicht ungewöhnlich, dass manche, die Geld sparen wollten, ihren Müll in den Wäldern aufhäuften und verschwanden. Meistens waren das recht große Mengen Schrott oder Gartenabfälle. Hier jedoch war außer dem Rohr nichts anderes zu sehen. Als ich näher herantrat, bemerkte ich auch, dass das Laub rings um das Rohr unberührt aussah. Keine Fußabdrücke, keine Reifenspuren, ich war mir sogar recht sicher, dass man diese Stelle niemals mit einem Auto würde erreichen können.

Vorsichtig beugte ich mich hinab und blickte ins Rohr hinein, aber außer Dunkelheit konnte ich nichts erkennen.

Aus Neugierde umschloss ich das kühle Rohr mit der Hand und zog fest daran. Als es sich keinen Zentimeter rührte, packte ich es mit beiden Händen, nahm einen stabilen Stand ein und zerrte mit aller Kraft daran. Erneut bewegte sich das Rohr kein Stück. Es musste ziemlich tief in der Erde stecken.

Mir kam der Gedanke, dass es sich womöglich um ein Teil eines Flugzeuges handeln könnte.

Vielleicht hatte ein Flugzeug in großer Höhe eine Stange oder dergleichen eingebüßt, die zu Boden gestürzt war. Bei der hohen Fallgeschwindigkeit hätte sich das Rohr ziemlich tief ins Erdreich gebohrt.

Da dies meine beste Erklärung war und ich meine Suche ohnehin fortführen musste, bevor die Sonne hinter den Berghängen verschwand, machte ich mich wieder auf den Weg.

Womöglich war ich in meinem Stolz gekränkt, dass ich das Rohr nicht wie König Arthur aus dem Stein hatte ziehen können, jedenfalls trat ich noch einmal so kräftig gegen das Rohr, dass mir danach der Fuß schmerzte.

Der Tritt versetzte das Metall in Schwingung, und ein lautes Geräusch hallte aus dem Rohr, bevor wieder die typische Ruhe des Waldes einkehrte.

Gerade als ich meine Tour fortsetzen wollte und dem Rohr bereits den Rücken zukehrte, hörte ich etwas.

„Ist da jemand?“, ertönte eine leise Stimme mit leicht blechernem Hall.

Vor Schreck drehte ich mich ruckartig um. Es klang, als würde sich eine Frau hinter mir befinden, doch als ich mich umsah und mein Herz wie wild klopfte, sah ich niemanden. Ich war mir sicher, dass mein Hirn mir nur einen Streich spielen wollte und ich mir die seltsame Stimme eingebildet hatte. Doch kurz darauf ertönte sie erneut.

„Hallo? Bitte, ist da jemand? Ich brauche Hilfe!“ Ungläubig starrte ich auf das metallische Rohr im Boden, während die blecherne Stimme daraus erklang.

Jemand, der am anderen Ende sein musste, irgendwo unter der Erde, sprach mit mir. Es dauerte einige Sekunden, bis ich einen klaren Gedanken fassen konnte. Ich verstand nicht, was hier gerade passierte, doch antwortete ich der Person.

„Hallo?“, sagte ich nervös und hielt weiterhin einen Sicherheitsabstand zum Rohr ein.

„Hallo? Ist da jemand?“, antwortete die Stimme kurz darauf.

Nervös trat ich ans Rohr heran und spürte, wie ich zu schwitzen begann.

„Ja! Ich bin hier! Was ist los?“ Ich hoffte auf eine Erklärung, darauf, dass mir jemand einen bösen Streich oder dergleichen spielte, doch danach sah es nicht aus.

„Ich weiß es nicht“, rief die Frau durchs Rohr. „Es ist dunkel hier, ich habe Angst!“

Als ich dies hörte, kam mir ein wirklich böser Verdacht, was passiert sein könnte. Ich hatte mal davon gehört, dass Leute, die mit der Mafia oder anderen kriminellen Clans zu tun hatten, bei lebendigem Leib begraben wurden. Doch statt sie schnell im Sarg unter dicken Erdschichten ersticken zu lassen, verlegte man vom Behältnis aus ein Luftrohr bis an die Oberfläche. Über diese Rohre strömte zwar Frischluft in den Sarg und manchmal auch etwas Regenwasser, trotzdem verhungerten die Gefangenen langsam und elendig.

Falls meine Theorie hier zutraf, dann war ich gerade Zeuge eines schrecklichen Verbrechens geworden. Die Frau war offensichtlich noch am Leben, ich hatte also die Chance, sie zu retten.

„Hör mir gut zu!“, sagte ich in einem möglichst souveränen

Ton. „Ich bin da, um dir zu helfen! Keine Panik!".

„Danke, vielen Dank! Ich komm hier nicht weg!", schrie sie zur Antwort. „Bitte hol mich hier heraus!".

Mir war selbstverständlich klar, dass ich keine Zeit verlieren durfte. Umgehend holte ich mein Telefon heraus, um die Polizei zu alarmieren, doch wie vermutet hatte ich an diesem abgelegenen Ort keinen Empfang. Zweimal wählte ich die 911, und beide Male blieb mein Handy lautlos, als es Kontakt zur örtlichen Behörde herzustellen versuchte.

Das erschwerte die Situation um einiges.

„Bitte beeil dich!", rief mir erneut die Stimme zu.

Da ich keinen Ausweg sah, entschied ich, das einzig Mögliche zu tun: Ich begann zu graben.

Ich ließ mich auf alle viere fallen und entfernte zunächst das rot-braune Laub, bevor ich die Fingerspitzen ins Erdreich grub. Leider ist ein Waldboden nicht so weich wie Sand, daher war die Arbeit mühselig. Mir war klar, dass ich eine ganze Weile brauchen würde, um zu der Frau vorzudringen. Dass der Boden nicht aufgelockert war wie frisch umgegrabene Erde, verriet mir, dass sie schon seit über einem Tag da unten ausharren musste, wenn nicht sogar länger.

Während ich grub, versuchte ich, die junge Frau zu beruhigen. Zwar bekam sie genügend frische Luft, aber wie in jeder Notsituation ist es das Beste, Ruhe zu bewahren.

„Wie heißt du?", fragte ich ins Rohr hinein, während meine Hände erneut eine dünne Schicht Erde abtrugen.

„Jessica!", antwortete sie prompt.

„Hi Jessica! Mein Name ist Tim Percy!", erwiderte ich und vergrößerte mühsam das Loch neben dem Rohr. „Freut mich, dich kennenzulernen!"

„Hallo Tim! Bitte beeil dich!"

„Ich bin dabei! Mach dir keine Sorgen, wir beiden schaffen das! Wichtig ist, dass du ganz ruhig bleibst, vertrau mir einfach, okay?"

„Ja, ich versuch es, mir ist so warm hier unten." Ihre Stimme klang inzwischen weinerlich. Da das Rohr keinen sonderlich breiten Durchmesser hatte, gelangte vermutlich nicht viel kühle Herbstluft bis in den Sarg, in dem es brütend heiß sein musste. Während ich grub und Jessica in ein Gespräch zu verwickeln versuchte, tippte ich immer mal wieder mit schmutzigen Fingern auf mein Smartphone-Display, in der Hoffnung, einen stabilen Empfangsbalken zu bekommen. Doch selbst wenn kurz einer oben rechts auf dem Bildschirm erschien, war er meist nach wenigen Sekunden wieder verschwunden. Mühsam grub ich immer tiefer. Meine Fingerspitzen waren schon wund, und der Dreck unter den Fingernägeln schmerzte. Die Schmerzen waren wirklich groß und wurden mit jedem Zentimeter schlimmer. Aber ich ließ mir das nicht anmerken, sondern fragte Jessica, ob sie verletzt sei, was sie verneinte. Ich erkundigte mich, ob sie gut atmen könne, und sie bestätigte das, auch wenn die Luft sehr warm sei. Ich gab mein Bestes, ihr Hoffnung zu machen. Ich muss zugeben, dass ich mich in dieser Situation ein wenig wie ein Ritter in strahlender Rüstung fühlte.

Nach einer gefühlten Ewigkeit, die vermutlich nur eine halbe Stunde lang währte, schaffte ich es endlich, einen Anruf abzusetzen. Eine Polizistin nahm das Gespräch entgegen, und ich gab ihr so schnell wie möglich alle wichtigen Informationen durch. Ich war gerade dabei, meinen vermuteten Standort anzugeben, als die Verbindung abbrach. Dennoch war ich mir sicher, dass sie alles mitbekommen hatte, und selbst falls nicht, könnte die Polizei vermutlich mein Handysignal orten, um uns zu finden.

Es würde bestimmt eine Stunde, wenn nicht sogar länger brauchen, bis die Beamten hier einträfen, also setzte ich mich neben das Rohr und das von mir gegrabene, jämmerlich seichte Loch. Ich sah keinen Sinn mehr darin, mir die Hände zu ruinieren, wenn die Polizei bald hier wäre, daher hielt ich es für das Beste, Jessica weiterhin Mut zuzusprechen.

„Hör zu, Jessica! Hilfe ist auf dem Weg, sie sind bald hier und holen dich da raus!“ Ich erwartete, dass sie erleichtert sein würde, doch stattdessen sagte sie etwas Merkwürdiges.

„Bitte sag ihnen, sie sollen sich beeilen! Ich hab Angst, dass sie zurückkommen!" Ihre Stimme zitterte. Wer auch immer diese Personen waren, die zurückkehren könnten, Jessica fürchtete sich zutiefst vor ihnen.

Vorsichtig fragte ich nach: „Haben sie dir wehgetan?"

„Ja!" Je lauter sie sprach, desto blecherner hallte ihre Stimme aus der Röhre. „Egal, wo ich mich versteckt habe, sie haben mich immer gefunden. Ich hab solche Angst!"

Ich wurde langsam nervös. Die ganze Zeit hatte ich vermutet, dass die Mafia, oder wer auch immer sie hier vergraben hatte, nicht mehr nach ihr schauen würde. Aber was, wenn das nicht stimmte? Was, wenn ihre Peiniger immer mal wieder nachsahen, ob sie noch lebte, um sie weiterzufoltern? Wenn sie mich hier anträfen, würde ich eventuell auch in Gefahr geraten.

Da die Sonne mittlerweile hinter den Bergen verschwunden war und es unheimlich dunkel im Wald wurde, spielte mein Verstand mir böse Streiche. Immer wieder meinte ich, Schritte zu hören, oder glaubte, jemanden schemenhaft in der Ferne zu erblicken. Trotzdem versuchte ich, mich zu konzentrieren. Sowohl die Polizisten als auch die Verantwortlichen für diese Tat würden den Wald nicht ohne Licht durchsuchen. Ich würde sie definitiv schon von Weitem bemerken. Ich atmete tief durch und fokussierte mich wieder auf die Frau.

„Kannst du dich erinnern, wie du in diese Lage geraten bist, Jessica?"

„Ich bin hier plötzlich aufgewacht." Sie klang unsicher und nachdenklich.

„Einfach aufgewacht? Was ist denn das Letzte, woran du dich erinnerst?"

Eigentlich rechnete ich umgehend mit einer Antwort, doch stattdessen folgte Schweigen.

„Jessica?", rief ich ins Rohr.

„Ja, tut mir leid. Ich war zu Hause! Und danach plötzlich hier." Ihre Stimme klang zittrig und nervös. „Bitte hol mich hier raus, es tut mir alles so leid!"

„Alles gut! Wir holen dich da raus, bloß keine Panik", entgegnete ich.

„Ich kann sie hören, bitte beeil dich!“ Sie schien kurz vor einem Nervenzusammenbruch zu stehen, und wer konnte ihr das verübeln? Doch ihr Satz „Ich kann sie hören“ machte mir Sorgen, denn ich selbst vernahm nichts, abgesehen vom Wind und einigen Zikaden, die laut in der Dunkelheit zirpten. Ich vermutete, dass sie halluzinierte.

Ich beschloss, einfach weiter mit ihr zu plaudern, und tat das auch. Nach einer Weile gewann meine Neugierde die Oberhand, und ich versuchte erneut zu erfragen, wer ihr das angetan hatte. Mit etwas Glück könnte ich mir einen Reim darauf machen, was passiert war, auch wenn sie Erinnerungslücken hatte. Sollte sie wirklich Feinde haben, mussten die einen Grund dafür gehabt haben, ihr so etwas Schreckliches anzutun.

„Sag mal, Jessica, hast du irgendwelche Feinde?“, fragte ich, ohne in Spekulationen zu verfallen.

„Feinde?“, fragte sie verwirrt „Nein, ich hab keine Feinde!“

„Hast du irgendwem Geld geschuldet?“

„Nein! Wieso fragst du mich das?“

„Ich will nur herausfinden, wie du in diese Lage gekommen bist. Hast du eine Idee, was du getan haben könntest, dass dir jemand so was antut?“

Ich hielt es für das Wahrscheinlichste, dass sie der Mafia oder einem mächtigen Clan Geld schuldete und diese Organisation bei ihr zu Hause eingebrochen war, sie betäubt und dann vergraben hatte. Falls sie aber keine Feinde hatte und auch niemandem Geld schuldete, fiel mir keine Erklärung dafür ein, wieso jemand so grausam mit ihr umspringen sollte.

Während ich so nachdachte, fiel mir auf, dass Jessica mir nicht geantwortet hatte.

„Jessica? Alles gut?“ Ich kam mir gleich albern vor, eine lebendig begrabene Frau zu fragen, ob alles gut sei. Erneut blieb es still, und ich fing an, mir Sorgen zu machen. Was, wenn durch das Rohr doch nicht ausreichend frische Luft einströmen konnte und sie ohnmächtig geworden war? „Jessica! Bleib bei mir, Jessica!“ Immer wieder rief ich panisch ihren Namen, und endlich antwortete sie.

„Ich bin hier. Es tut mir leid." Ihre Stimme klang brüchig und zögernd. Noch bevor ich etwas erwiderte, fuhr sie fort. „Ich … ich hab was Schlimmes getan. Es tut mir leid!" Sie klang, als würden ihr die Tränen kommen. „Es tut mir leid! Es tut mir leid! Es tut mir so verdammt leid!", wiederholte sie, und diesmal hörte ich ihr deutlich an, dass sie weinte.

„Alles ist gut!", versuchte ich sie zu beruhigen, jedoch ohne Erfolg. Sie schluchzte bitterlich, die Erinnerung an ihre Tat – wie auch immer die aussah – plagte offensichtlich ihre Seele. „Was ist passiert? Erzähl es mir ruhig", sagte ich ins Rohr, doch sie schien mir nicht zuzuhören. Weiterhin wiederholte sie, wie leid ihr alles täte, und ignorierte mich. Auch als ich rief, sie brauche es mir nicht erzählen, besserte sich ihr Zustand nicht.

Planlos schaute ich mich im Wald um, in der Hoffnung, endlich einen Polizisten zu erblicken, da die Situation außer Kontrolle geriet. Doch außer tiefer Dunkelheit sah ich nichts. Wir waren allein, ihre einzige Rettung war momentan ich.

Während ich panisch nachdachte, was ich sagen oder tun könnte, um sie aufzumuntern, kam mir plötzlich die Idee.

Langsam atmete ich tief durch, blickte in den düsteren Forst hinein und sagte sanft mit einer ausdrücklichen Ruhe in der Stimme: „Ich hör dir zu. Ob jetzt oder später. Ich hör dir zu." In diesem Moment war mir, als wäre mein Opa wieder ganz in meiner Nähe, als könnte ich endlich mit ihm reden, und dieses Gefühl gab mir Kraft. Und tatsächlich, als diese Worte meine Lippen verließen, hörte ich, wie das Weinen am anderen Ende des Rohres verstummte. Sie hatte sich wieder gefangen, schniefte ein paar Mal und fing dann an zu erzählen.

„Es war nicht einfach. Mein Mann hatte sich von mir scheiden lassen, und da ihm das Haus gehörte, zog ich aus. Ich hatte nur eine ziemlich schlecht bezahlte Teilzeitstelle, es fehlte einfach das Geld, um schnell eine neue Wohnung zu finden. Ich bekam meistens nicht einmal Antworten auf meine Anfragen zur Wohnungsbesichtigung!"

Sie unterbrach ihre Erzählung, vermutlich, weil sie wieder gegen die Tränen ankämpfte.

„Mir blieb nichts übrig, als zu meiner Mutter zu ziehen“, fuhr Jessica schließlich fort. „Wir hatten kein gutes Verhältnis, aber was sollte ich tun? Es gab keinen anderen Ausweg!“ Ihre Atmung wurde schneller. Aus Angst, dass sie erneut in eine Panikattacke verfallen könnte, versuchte ich, sie dazu zu bringen, sich zu fokussieren. „Alles ist gut, Jessica. Ich bin hier. Was ist dann passiert?“

„Es war, als wäre ich in ein Loch gefallen. Tagelang schloss ich mich in meinem alten Kinderzimmer ein. Ich war eine erwachsene Frau ohne echte Freunde, ohne Hilfe und ohne Geld. Es war erbärmlich!“ Sie hielt nur inne, um zu husten und tief Luft zu holen. „Irgendwann schaffte ich es nicht einmal mehr, das Haus zu verlassen, um zur Arbeit zu gehen. Es war, als würde mich eine Barriere aufhalten, als wäre mir alles egal!“

„Ich verstehe“, erwiderte ich nur. Ich wusste, dass wir uns gerade der Ursache für ihre Misere näherten. Eine junge Frau mit Geldsorgen verlor ihren Job und brauchte dringend Geld, um zu überleben. Die klassische Geschichte eines hilflosen Menschen, der von bösartigen Mobs oder Mafiosi ausgenommen wurde. „Es gab nur eine Möglichkeit, um an Geld zu kommen. Oh Gott!“ Sie weinte wieder, unterbrach jedoch ihre Ausführungen nicht. „Das sollte ich nicht sagen! Aber ich sah keinen anderen Ausweg! Ich musste es tun!“

„Ich verstehe dich!“, sagte ich. „Alles ist gut, du hast nur getan, was du tun musstest!“ Ich hegte die Hoffnung, sie beruhigen zu können, doch ich überschätzte meine Fähigkeiten.

„NEIN! DU VERSTEHST ES NICHT!“, brüllte Jessica so laut aus dem Rohr, dass es vibrierte. „Ich hab sie getötet! Ich hab sie verdammt noch mal getötet!“

Perplex starrte ich auf das Rohr und versuchte, mir einen Reim auf ihre Worte zu machen. Was meinte sie mit „Ich hab sie getötet“? Wieso hatte sie jemanden umgebracht und für wen? Hatte die Mafia als Gegenleistung einen Mord von ihr verlangt?

Während Jessica schluchzte, stellte ich meine Frage: „Wen hast du getötet?“

„MEINE MUTTER, VERDAMMT!“, schrie sie und weinte mit herzzerreißender Inbrunst. „Ich brauchte ihre Rente, ich wusste nicht weiter! Sie gab mir kein Geld, kein Essen, nichts. Vermutlich ließ sie mich nur bei sich einziehen, um genüsslich meinen Untergang zu beobachten. Sie war eine grauenhafte Hexe! Was sollte ich denn tun?“

Ich saß mit großen, vor Schock geweiteten Augen da und starrte auf das Rohr. „Jessica“, setzte ich an, doch ehrlich gesagt, fehlten mir die Worte.

„Ich habe sie mit einer Plastiktüte erdrosselt und ihre Leiche auf dem Dachboden versteckt. Eingewickelt in graue Mülltüten und abgedichtet mit Paketband, in der Hoffnung, ihr Geruch würde nicht nach außen dringen!“

Ich konnte nicht deuten, ob sie eher traurig oder wütend war.

„Und ihre Rente kam, und ich konnte davon leben. Ich konnte essen gehen, mir neue Kleidung kaufen, all diese Dinge. Niemand hätte meine Mutter vermisst! Niemand mochte sie, sie war gemein zu jedem und verließ eigentlich auch nie das Haus! Als ich jung war, hat sie unsere Katze in der Regentonne ertränkt, weil sie das Füttern genervt hat! Eine grauenhafte Person ohne Freunde! Es wäre alles perfekt gewesen!“

Jessica schüttete mir ihr Herz aus, und ich spürte, wie sich mir der Magen umdrehte. Ihre Aussagen verstörten mich zutiefst, und ich begriff noch immer nicht, wie sie hierhergekommen war.

„Doch ich habe den Verstand verloren! Ich bin mir sicher, ich wurde wahnsinnig! Ein paar Tage war ich im Garten und sah etwas, dass da nicht hingehörte! Ich war schon Tausende Male in diesem Garten gewesen, doch das war mir nie aufgefallen!“ Jessica fing an zu hyperventilieren. „Da war ein Rohr! Mitten auf der Rasenfläche ragte ein Rohr aus dem Boden!“, rief sie durch das Rohr, und ich erstarrte förmlich vor Panik. Mein Herz setzte gefühlt für ein paar Schläge aus, und ich erschauerte. Ängstlich lauschte ich ihren Worten.

„Es wunderte mich, das Rohr zu sehen, ich wollte es

rausziehen, aber es ging nicht. Und dann hörte ich plötzlich etwas! Ich hörte meine Mutter, verdammt!“

Ich schluckte schwer. Sie beschrieb genau dasselbe, das auch ich erlebt hatte. Das ergab alles keinen Sinn.

„Sie schrie um Hilfe, und als ich ihren Namen ins Rohr rief, brüllte sie mich an! Sie fragte, wieso ich ihr das angetan habe! Was für ein Monster ich sei und vieles mehr!“ Sie keuchte, hatte kaum genug Luft, um weiterzureden. „Das war zu viel für mich!“, rief Jessica. „Das konnte alles nicht wahr sein. Ich ging ins Haus und versuchte, die Sache zu ignorieren, doch immer wieder hörte ich ihre Schreie aus dem Garten und war mir sicher, dass meine Nachbarn sie auch hören konnten. Sie schrie, ich sei eine Mörderin, ein Monster. Sie schrie vor Schmerzen, sagte, welche Qualen sie durchlitt und so weiter! Ich schaute sogar nach, ob ihre Leiche noch auf dem Dachboden war, doch sie lag an genau der Stelle, wo ich sie hingeworfen hatte. Mir war klar, ich hatte den Verstand verloren, ich konnte einfach nicht mehr.“ Sie pausierte kurz. „Das alles zerrte so lang an meinen Nerven, bis ich es nicht länger aushielt. Und ich beendete es. An einem Balken im Wohnzimmer hängte ich mich auf, um dieser grausamen Welt zu entkommen. Nur, um dann hier aufzuwachen.“

Und nach dieser Aussage herrschte Ruhe. Jessica weinte zwar noch, das konnte ich hören, aber keiner von uns sprach mehr ein Wort. Mein Kopf war leer, und ich hatte eine schreckliche Vermutung, die ich selbst kaum glauben konnte.

Es vergingen gut fünf Minuten in Stille, bis ich unvermittelt in der Entfernung Stimmen hörte und Lichter sah, die sich näherten. Von da an ging alles sehr schnell.

Ein Dutzend Polizisten kam zu mir, einige hielten Spaten in den Händen. Sie zerrten mich vom Rohr weg und begannen umgehend, ein Loch zu graben, während ein Beamter versuchte, mit Jessica zu reden. Doch sie antwortete nicht. Sie wusste, es würde sowieso keinen Unterschied mehr machen.

Und ich stand einfach nur da und sah den Polizisten beim Graben zu. Sie warfen immer mehr Dreck aus dem Loch, legten das Rohr immer weiter frei. Bald verschwanden die Beamten in der ausgehobenen Grube, doch das Rohr nahm einfach kein Ende.

Ich sah den Polizisten ihre Verwirrung an, als sie zu verstehen versuchten, was gerade passierte. Sie begriffen nicht, wieso das Rohr kein Ende zu haben schien, und egal, wie tief sie gruben, sie stießen nicht auf einen Sarg.

Niemand schenkte mir auch nur einen Funken Beachtung, und ich fühlte mich zu leer, um den Beamten zu erklären, dass sie niemals einen Sarg finden würden.

Denn dieses Rohr endete nicht nach wenigen Metern, es endete nicht einmal in unserer Welt. Dieses Rohr reichte direkt bis in die Hölle hinab, da war ich mir absolut sicher.

Während ich das Brüllen der Beamten hörte, die Geräusche von Schaufeln, die in feste Erde hackten, und das Heulen von Jessica, entschied ich mich, diesen Ort zu verlassen.

Ohne dass mich jemand aufhielt, wanderte ich von der Grabungsstätte in den Wald hinein. Mein Kopf fühlte sich so leer und voll zugleich an. Irgendwie versuchte ich, das Erlebte zu verarbeiten, und ging geistesabwesend durch den düsteren Forst, bis ich plötzlich über etwas stolperte und zu Boden fiel.

Mit den Armen voran schlug ich auf der harten Erde auf, die nur von feuchtem Laub bedeckt war, und drehte mich um, um zu sehen, was mich zu Fall gebracht hatte.

Es war, als hätte ich es bereits geahnt: Ein weiteres Rohr ragte aus dem Waldboden.

Es vergingen einige Sekunden, in denen ich hoffte, dass keine Stimme aus dem Rohr dringen würde, doch dann hörte ich sie plötzlich.

„Hallo? Hallo! Ist da jemand? Bitte hilf mir! Bitte, Mary, vergib mir, was ich getan habe! Es tut mir so leid, bitte holt mich hier raus!“

Panisch und voller Verzweiflung erklang aus dem dunklen Rohr eine Stimme, die um Vergebung und Absolution bettelte.

Es war die Stimme meines Großvaters.

CORN

DIE VORFÜHRUNG

Beziehungen sind nicht einfach, und manchmal entfernen sich Menschen voneinander. Doch das muss nicht bedeuten, dass eine Beziehung zum Scheitern verurteilt ist.

Seit sieben Jahren bin ich nun schon mit Aylin zusammen. Sie ist ein wundervoller Mensch. Kreativ, aufmerksam, liebevoll und so viel mehr. Ich kann manchmal gar nicht glauben, dass ich so eine Frau an meiner Seite verdient habe. Wir haben uns kennengelernt, als ich mir ein Theaterstück im Hamburger Thalia-Theater angeschaut habe. Das klingt jetzt so, als wäre ich sehr kulturinteressiert, doch das stimmt so nicht. In meinem Germanistikstudium, das ich nur gewählt habe, weil man keine tollen Noten dafür brauchte, hatte ich einen Kurs belegt, in dem es um die Kunstform Theater ging. Wir sollten lernen, wie man ein literarisches Werk am besten auf die Bühne bringt, und ein Teil dieses Seminars bestand in einem gemeinsamen Theaterbesuch. Wir sahen uns „Die Feuerzangenbowle" an, und ich muss gestehen, normalerweise wäre ich in den ersten Minuten der Aufführung eingeschlafen. Aber etwas an diesem Theaterstück zog meine Aufmerksamkeit auf sich, und das war eine der Schauspielerinnen. Ich sah eine bezaubernde junge Frau mit langen schwarzen Haaren und großen Augen, die fesselnd die Rolle der Eva Knauer spielte.

Jedes Mal, wenn sie die Bühne betrat, konnte ich nicht anders, als nur sie anzusehen. Jede elegante Bewegung verzauberte mich und zog mich in ihren Bann. Zwar glaube ich nicht, dass Liebe auf den ersten Blick existiert, aber dieser Moment kam dem am nächsten. Obwohl ich normalerweise der Erste gewesen wäre, der das Theater nach der Vorführung verlassen hätte, stand ich von meinem Platz auf und ging statt zum Ausgang gegen den Menschenstrom in Richtung Bühne.

Und dort war sie, die unbekannte Schönheit, die mit einigen älteren Besuchern der Aufführung über das Werk sprach. Oder zumindest so tat, als würde sie den Herrschaften zuhören, die ihr von früher erzählten.

Etwas später waren dann nur wir beide übrig. Sie lächelte mich freundlich an, und charmant, wie ich bin, sagte ich nur: „Du warst echt gut!" Ein ziemlich plattes Lob.

Zu meinem Glück legte sie sich die Hand auf ihr Herz, bedankte sich bei mir und stellte sich mir als „Aylin" vor. Dank meines Uni-Seminars konnte ich mich relativ souverän mit ihr über Theater und das aufgeführte Stück unterhalten. Aylin erzählte mir, wie gerne sie auf der Bühne stand, dass sie es liebte, sich in die Rollen hineinzuversetzen, und dass man übers Theater seine Gefühle am besten ausdrücken könnte. Ich gaukelte ihr vor, dass ich Theater ebenfalls liebte, und ließ einige Fachbegriffe fallen, die meine Aussage glaubwürdig wirken lassen sollten. Aylin sprang darauf an und erzählte mir, dass sie es am meisten liebt, die Zuschauer auf den Höhepunkt warten zu lassen. Ihre Augen funkelten, und ein süßes Lächeln zog sich über ihr Gesicht, als sie mir beschrieb, dass die Aufregung kurz vor der Katastase am größten sei. Es war quasi die Ruhe vor dem Sturm, bevor der Vorhang fiel und der Saal in Applaus ausbrechen würde. Ich hörte ihr aufmerksam zu und versuchte, so gut es eben ging, mitzureden und kultiviert zu wirken.

Und es schien zu funktionieren. Wir beide unterhielten uns bestimmt 30 Minuten, bis ein junger Mann zu ihr kam, den Arm um sie legte und fragte, wer ich sei. Der Kerl sah hochnäsig auf mich herab, und ich wurde das Gefühl nicht los, dass ich ihn schon ein paarmal abseits dieser Aufführung gesehen hatte. Vielleicht war er auf Feiern gewesen, die ich auch besucht hatte. Obwohl ich Aylin erst so kurz kannte, spürte ich, wie die Eifersucht in mir anfing zu brodeln. Bevor ich mich ihm vorstellen konnte, sah ich nur, wie sie seine Hand von ihrer Schulter schob und sagte, dass Patrick, wie er anscheinend hieß, sich nicht so aufspielen solle, und dass ich ein Freund sei.

Da sie und die anderen Schauspieler noch den Abend feiern gehen wollten, musste sie sich leider beeilen, aber bevor sie ging, fragte sie mich, ob ich ihre Nummer haben möchte.

Ich war so unfassbar dankbar, dass sie diesen Vorschlag machte, da ich vermutlich nicht mutig genug gewesen wäre, sie zu fragen. Umgehend gab ich ihr mein Handy, und sie tippte ihre Nummer sowie ihren Namen in meine Kontaktliste, mit einem lächelnden Smiley daneben. Dann zwinkerte sie mir zu und verschwand hinter dem Vorhang.

Und was soll ich groß sagen, ich schrieb sie am nächsten Tag an. Am liebsten hätte ich ihr noch am selben Abend geschrieben, aber ich wollte nicht zu seltsam wirken. Wir fingen an, ein wenig zu chatten, redeten übers Theater, Kunst, Filme und vieles mehr. Nach und nach lernten wir uns immer besser kennen, und zwei Wochen später fragte ich sie, ob wir uns vielleicht mal treffen wollten. Unglaublich nervös wartete ich, dass mein Handy vibrierte, ich hoffte so sehr, dass sie Ja sagte, und war erleichtert, als ich nicht nur ein simples „Ok“ auf WhatsApp sah, sondern stattdessen ein „Super, gerne!“ mit mehreren lächelnden Smileys dahinter.

Wir trafen uns, hatten Spaß und verabredeten uns danach wieder. Aus Fremden wurden Bekannte, dann Freunde und schließlich wurden wir nach einigen Wochen auch ein Paar. Ich war nie glücklicher gewesen. Sicher, ich hatte schon Beziehungen gehabt, aber keine war mit dieser zu vergleichen. Zumal es mich sehr verletzt hatte, als meine letzte Partnerin mit mir Schluss machte, weil sie jemand anderen, scheinbar besseren, kennengelernt hatte. Doch nun war Aylin da, um mein blutendes Herz zu heilen. Und das tat sie auch.

Wir hatten viele Jahre lang eine wirklich schöne Beziehung. Irgendwann jedoch fingen wir an, getrennt auszugehen. Ich ging mit meinen Freunden auf Partys, und sie traf sich mit ihren. Natürlich störte es mich, dass wir uns voneinander entfernt hatten, und ich machte mir auch Sorgen, dass das Gleiche passieren könnte wie bei meiner letzten Beziehung. Und dann geschah etwas, das unsere Zweisamkeit am meisten gefährdete.

Nach einem tragischen Todesfall in Aylins Freundeskreis zog sie sich komplett zurück. Selbstverständlich wollte ich mit ihr darüber reden, sie ablenken oder aufmuntern, aber sie blockte alles gnadenlos ab. Es war klar, dass sie Zeit für sich brauchte, und ich versuchte, das zu respektieren. Schließlich geht jeder Mensch anders mit Trauer um. Trotzdem muss ich gestehen, dass es mich etwas störte, wie sehr dieser Tod sie mitgenommen hatte.

Wochen vergingen, und wir redeten weniger und weniger miteinander. An manchen Tagen wechselten wir nicht einmal ein Wort. Häufig vertiefte sie sich in ihre Arbeit, sagte mir, sie müsse nach ihren Aufführungen länger im Theater bleiben. Sie brachte stets Ausreden vor, wie dass sie mit den Kollegen noch aufräumen oder sie die nächste Show planen müsse. Mir war klargeworden, dass sie bald Schluss machen würde. Immer wieder, wenn ich allein in unserem Doppelbett lag und auf ihre leere Seite blickte, dachte ich daran, dass sie sich vermutlich gerade mit einem anderen Mann traf oder ihre Freunde ihr rieten, sich von mir zu trennen. Die ganze Sache machte mich regelrecht wahnsinnig, meine Gedanken kreisten so sehr darum, dass ich anfing, vergesslich zu werden. Ich ging in Räume und vergaß den Grund dafür, ich verlegte sogar Dinge und fand sie nicht wieder. Teilweise fehlten Klamotten in meinem Kleiderschrank. Manchmal bekam ich nachts kein Auge zu, bis Aylin schließlich gegen zwei oder drei Uhr heimkam. Das alles wurde mir zu viel, und ich zählte die Stunden, bis es so weit wäre.

Während ich auf den Tag wartete, an dem sie mir sagte, dass es vorbei war, geschah allerdings etwas Ungewöhnliches.

Am gestrigen Samstag war es warm gewesen, als ich verschlafen gegen neun Uhr aufstand und in die Küche ging. Wie so oft war Aylin bereits aus dem Haus, doch mein Platz am Esstisch war gedeckt, und auf dem weißen Porzellan lag ein handgeschriebener Brief. Als ich ihn sah, begann mein Herz zu rasen. Ich wusste genau, dass dies das Ende war. Das Karma würde mir nun die beste Beziehung nehmen, die ich jemals hatte und haben werde. Wütend nahm ich den Brief und las, was meine große Liebe geschrieben hatte.

„Hallo Schatz, ich weiß, dass ich die letzten Wochen dir gegenüber nicht fair gewesen bin. Doch das hatte einen Grund! Ich habe etwas für dich vorbereitet, das meine Gefühle erklären kann. Ich hab mir viel Mühe gegeben! Bitte komm morgen in das Theater am Mühlenring. Dort gibt es eine besondere Aufführung! Sie beginnt um 20 Uhr, sei pünktlich!

Ich liebe dich.

Aylin"

Als wäre ich im siebten Himmel angekommen, atmete ich tief durch. Sie nannte mich Schatz, schrieb die wundervollsten drei Worte, die es auf der Welt gibt, und wollte sich offenbar mit mir eine besondere Aufführung ansehen. Nach all der Zeit hätten wir also endlich wieder ein Date, wenn auch in einem Theater.

Das Theater am Mühlenring ist ein sehr kleines Gebäude in der Nachbarstadt. Es ist so alt, dass es nicht einmal eine Website betreibt, auf der man die Ausführungspläne einsehen kann. Da Aylin schrieb, dass ich pünktlich sein soll, ging ich davon aus, dass ich alleine hinfahren würde. Aber das war mir egal.

Am nächsten Tag fuhr ich überpünktlich los und stand bereits 15 Minuten vor der vereinbarten Zeit vor dem Theater. Schon bei meiner Ankunft fiel mir etwas Seltsames auf, denn außer mir war niemand da. Von den vielen Theaterbesuchen, die ich in der Vergangenheit für Aylin auf mich genommen hatte, wusste ich, dass die meisten Gäste lange vor Beginn eintreffen. Viele bringen ihre Jacken zur Garderobe, holen sich an der Bar einen Sekt oder einen Wein oder plaudern einfach, bis sie kurz vor der Aufführung zu ihren Plätzen gehen. Doch nun, 15 Minuten vor Beginn, war niemand da. Die Türen des Theaters waren verschlossen, obwohl im Foyer Licht brannte. Es konnte also auch noch niemand reingegangen sein, sofern er nicht über die Gebäudeschlüssel verfügte. Auch als ich mir das Schaufenster ansah, in dem normalerweise die Aufführungen der kommenden Wochen aushingen, konnte ich keinen Hinweis auf die heutige Veranstaltung entdecken.

Kurz dachte ich, dass ich mich wohl geirrt hatte, dass ich erst nächsten Sonntag hätte herkommen sollen oder dass Aylin vielleicht ein anderes Theater gemeint hatte. Doch während ich nachdachte und sie bereits auf dem Handy erreichen wollte, hörte ich plötzlich, wie die Tür aufgeschlossen wurde. Meine Hoffnung, dass gleich meine Liebste vor mir stünde und mich glücklich in die Arme schloss, wurde sofort zunichtegemacht, als ich Kiki sah. Sie war Aylins beste Freundin und ebenfalls Schauspielerin. Ihren vollen Namen kannte ich nicht, da jeder sie nur Kiki nannte. Sie war recht freundlich, aber einen engen Draht hatten wir nie zueinander aufgebaut. Sie begrüßte mich und sagte, dass mein Platz im Saal bereit wäre. Sie entfernte sich von der Tür und fügte noch hinzu, dass die Show starten würde, sobald ich mich hingesetzt hätte.

Das Ganze war etwas seltsam, und als ich sah, dass sowohl die Garderobe als auch die Bar und der Saal menschenleer waren, wunderte ich mich umso mehr. Von Aylin war keine Spur zu sehen. Alles, was ich erkannte, war ein Sitzplatz in der Saalmitte, mit dem Gang im Rücken. Auf diesem Platz lag eine Karte mit meinem Namen drauf, als wäre er für mich reserviert worden. Nervös setzte ich mich, zog die Jacke aus und legte sie auf den freien Sitz neben mir. Als ich es mir in dem alten, nach Zigarettenrauch stinkenden Polster bequem gemacht hatte, verdunkelten sich umgehend die Lichter, und der Vorhang ging auf.

Mir war mittlerweile klar, dass ich kein normales Stück sehen würde, sondern dass Aylin und ihre Freunde etwas vorbereitet hatten – die Frage war nur: was?

Die surrenden Strahler gingen an und fluteten die dunkle Bühne mit Licht, und ich erblickte eine vertraute Szene. Es war die Feuerzangenbowle, die aufgeführt wurde, das Theaterstück, nach dem ich Aylin kennengelernt hatte. Meine

Freundin spielte dieselbe Rolle wie damals. Die restlichen Rollen übernahmen ihre Schauspielerfreunde, die meisten machten alles genau so wie damals. Man könnte nun meinen, dass das eine süße Geste von Aylin gewesen sei. Sie hatte extra noch einmal das Stück geprobt, das dazu führte, dass wir uns verliebten, aber etwas war anders. Statt das ganze Stück zu zeigen, spielten sie nur eine Szene, nach der die Bühne wieder in Dunkelheit gehüllt wurde und eine neue Szene folgen würde. Nun stand Aylin allein auf der Bühne und tat so, als würde sie gerade mit jemandem über das Stück reden, als sich plötzlich ein Mann zu ihr gesellte. Er war ein guter Freund von ihr und hieß Michael. Was mir sofort ins Auge fiel, war seine Kleidung. Er trug ein dunkelrotes Leinenhemd, eine schwarze Hose und weiße Sneaker. Eigentlich ein normales Outfit, das mir allerdings sehr bekannt vorkam. Es war nämlich exakt das Outfit, das ich damals bei unserem Kennenlernen getragen hatte. Und es waren auch genau die Klamotten, die in meinem Kleiderschrank fehlten.

Skeptisch hörte ich zu, wie die beiden auf der Bühne nahezu dasselbe Gespräch führten, dass Aylin und ich damals geführt hatten. Sogar die dämlichen Fachbegriffe wurden perfekt rezitiert. Es gab keinen Zweifel mehr, dieses Theaterstück handelte von uns beiden.

Die Idee zauberte mir ein großes Lächeln ins Gesicht, doch so süß ich sie auch fand, es war mir peinlich, mir anzuhören, was ich damals von mir gegeben hatte.

Danach folgte eine Szene über unser erstes Date. Aylin und Michael (oder besser gesagt ich) saßen zusammen auf einer Picknickdecke und betrachteten die Sterne, während sie über alles Mögliche sprachen und lachten. Aylin war eine tolle Schauspielerin, definitiv die beste aus ihrem Freundeskreis, und auch jetzt zeigte sich das bei der Aufführung. Sie spielten immer mehr Szenen unserer Beziehung: Das eine Mal, als ich sie einfach nur ansah und aus Versehen gegen eine Straßenlaterne lief. Der Tag, an dem ich ihre Eltern kennenlernte. Wie wir uns zum ersten Mal küssten, und ich hoffte sehr, dass der Kuss, den ich sah, nur ein Showkuss war, bei dem sich die Lippen nicht wirklich berührten. Ich hasste es, wenn sie in Aufführungen Kussszenen spielen musste. Aylin versicherte mir immer, dass es keine richtigen Küsse seien, aber das konnte meine Eifersucht kaum bändigen.

Nach allen Szenen, die nicht sehr lang waren, sondern unsere Beziehung nur in Ausschnitten zeigten, applaudierte ich von meinem Platz aus.

Es war schön, die vielen tollen Momente unserer Partnerschaft ein weiteres Mal zu erleben. Eine gelungene Überraschung meiner kreativen Freundin, und während ich so spekulierte, welcher Moment unserer Beziehung wohl als Nächstes kommen würde, veränderte sich der Ton des Theaterstücks drastisch.

Denn auf einmal folgten Szenen, in denen wir einfach nur zusammen am Esstisch saßen und nicht miteinander sprachen. Sie saß mir gegenüber und schaute auf ihren Teller, während ich am Handy ein Spiel spielte. Danach kam eine Szene, in der wir im Bett lagen, einander die Rücken zugedreht, zwischen uns eine große Lücke. Mir war klar, dass wir nun an dem Punkt angelangt waren, an dem unsere Entfremdung einsetzte. Es tat weh, diese Momente erneut zu erleben und zu sehen, wie dumm es war, Aylin nicht mehr wertzuschätzen.

Anschließend folgten Szenen, in denen sie ihren Freunden beichtete, dass sie das Gefühl bekam, die Liebe wäre aus unserer Beziehung verschwunden. Dieses Gespräch war mir neu, da ich bei dem Treffen nicht dabei gewesen war. Aylin weinte so überzeugend, wie ich es schon lange nicht mehr bei ihr gesehen hatte. Danach nahm Jonas, der die Rolle von Patrick spielte, sie in den Arm, woraufhin sie noch mehr weinte.

Als Kontrast zu diesem Moment kam eine weitere Szene, die mich auf einer Party zeigte, auf der ich mit meinen Freunden Trinkspiele spielte und gut gelaunt feierte. Die Schauspieler auf der Bühne hatten sich tatsächlich wie meine Freunde verkleidet und sahen ihnen ziemlich ähnlich. Sie führten soeben den Moment auf, in dem ich beim Bierpong vier Pingpongbälle hintereinander in den mit Bier gefüllten Bechern der Gegner versenkte und daraufhin von zwei Freunden hochgehoben wurde – daran konnte ich mich noch gut erinnern. Ich fragte mich nur, woher Aylin von diesem Moment wusste, schließlich war sie an jenem Abend nicht dabei gewesen. Da an den großen Hausfeiern aber immer unzählige Leute teilnahmen, kam es häufiger mal vor, dass Aylins Freunde ebenfalls vor Ort waren. Scheinbar hatte sich einer davon unser Spiel angesehen.

Der starke Kontrast zwischen Aylins Trauer, ihrer Sorge um unsere Beziehung und meinem Spaß mit Freunden wurde mehrfach wiederholt. Ich fühlte mich in diesem Moment ein wenig angegriffen, da ich es nicht fair fand, das Ganze so einseitig darzustellen.

Oft genug hatte ich mich wegen unserer Probleme verrückt gemacht. Manchmal habe ich geweint, wenn ich allein war, oder mich bei ihren Freunden erkundigt, ob es ihr gut gehe, wenn sie mir mal nicht geantwortet hatte. Mich nun so darzustellen, als wäre mir alles egal, war fies. Trotzdem klatschte ich aus Verlegenheit auch nach diesen Szenen, und mein Applaus hallte durch den leeren Saal.

Und dann folgte etwas, das mir große Sorgen bereitete.

Nach einer kurzen Umbauphase begann die nächste Szene. War ich vorher noch zu sehen, wie ich im Haus eines guten Bekannten feierte und trank, stand ich nun draußen im Garten. Man sah, wie ich nervös auf und ab ging und mir mein Handy ans Ohr hielt. Immer wieder sagte ich etwas wie „Fuck“ oder „Geh gefälligst ran!“. Ich erinnerte mich gut an diesen Abend, ein Kumpel hatte mich vor einigen Monaten auf den Geburtstag eines Freundes mitgenommen. Ich kannte ihn nur beiläufig, aber da viele Leute kommen würden und es Alkohol in großen Mengen gäbe, war ich absolut bereit mitzukommen.

Während ich auf der Feier war, sah ich etwas, das mich nachdenklich stimmte. Meine Gedanken kreisten sofort um

Aylin, ich fragte mich, was sie wohl gerade machte oder in der Vergangenheit getan hatte. Mein betrunkener Verstand ließ mich Dinge kaputtdenken, und Eifersucht übernahm die Kontrolle. Irgendwie kam ich auf die dumme Idee, sie anzurufen und zur Rede zu stellen. Letztlich wollte ich einfach nur hören, dass meine Sorgen unbegründet seien und sie mich liebe. So ein Kram eben, Aussagen, die mich beruhigten und mich den Abend genießen ließen. Sie war mit Freunden unterwegs, das wusste ich, aber ich hatte ihr gesagt, dass sie ihr Handy zumindest auf Vibration stellen sollte. Dass sie nach mehreren Anrufen und WhatsApp-Nachrichten nicht reagierte, machte mich noch wütender und nervöser, als ich ohnehin schon war.

Ehrlich gesagt, kann ich nicht sagen, wie oft ich sie an diesem Abend anrief, aber es war deutlich zu oft.

Michael schaffte es überzeugend, meine Aufregung, Wut und Nervosität darzustellen. Er trat sogar, genau so wie ich damals, vor Wut einen kitschigen Gartenzwerg weg. Erneut fragte ich mich, wer mich dabei beobachtet hatte.

Auf der Bühne gesellte sich ein weiterer Mann zu dem Schauspieler, der mich verkörperte. An jenem Abend war ebenfalls ein Betrunkener zu mir nach draußen gekommen, um an einen Baum oder in einen Busch zu pinkeln. Dieser Kerl kam auf mich zu, als wären wir die besten Freunde. Obwohl ich ihn nicht ausstehen konnte, legte er mir den Arm um die Schulter und fragte, ob Aylin schon mit mir Schluss gemacht hätte. Dann war er in lautes Gelächter ausgebrochen.

Mein Ich auf der Bühne stieß diesen Mann weg, woraufhin ein Konflikt zwischen uns entbrannte. Die Schauspieler stellten das Streitgespräch nach, das ich damals mit Patrick im Garten geführt hatte. Er war anscheinend mit dem Gastgeber befreundet, und eventuell lag es daran, dass er betrunken oder einfach ein Idiot war, aber er warf mir viele Dinge an den Kopf. Sagte mir, dass ich Aylin nicht verdient hätte, dass sie bestimmt bald Schluss machen würde, dass ich jämmerlich sei, dass er sie sich hole, sobald ich weg wäre und so weiter. Die Szene endete damit, dass er lachend wegging, als eine seiner Freundinnen ihn reinrief. Michael schaffte es, meine Wut perfekt nachzuahmen. In dem Moment, als er mich fertigmachen wollte, hatte ich überlegt, ihm einfach mit der Faust ins Gesicht zu schlagen. Wäre er nicht reingerufen worden, hätte ich es vermutlich auch getan.

Als die Szene vorbei war, atmete ich erleichtert durch, trotzdem pochte mein Herz wie wild. Ich hoffte, dass die Handlung nun einfach zu dem Moment springen würde, wo Aylin mit den Proben für dieses Theaterstück begann oder sie auf die Idee kam, aus Liebe zu mir das ganze Projekt anzuleiern, um unsere Beziehung zu retten.

Doch nach einem kurzen Moment gingen die Lampen auf der Bühne erneut an. Das Bühnenbild hatte sich nicht geändert, ich stand noch im Garten, wieder mit dem Telefon am Ohr, nur dass ich deutlich wütender war als zuvor.

Ich wusste, was nun passieren würde. Denn mit mir stand eine weitere Person draußen. Patrick. Er war so betrunken, dass er kaum noch aufrecht stehen konnte. Mit dem Arm vor der Stirn hatte er sich an einen nachgebauten Baum gelehnt, und der Schauspieler tat so, als würde er gerade pinkeln.

Und dann passierte es. Die Wut und der Alkohol übernahmen die Kontrolle über mich. Das, was ich in der Szene zuvor unterlassen hatte, sollte nun Wirklichkeit werden. Ich sah mit an, wie ich langsam mein Telefon wegsteckte und auf Patrick zuging.

Bevor ich jedoch bei Patrick ankam, der beinahe am Baum einschlief, hob ich einen schweren Stein auf und holte aus … dann erloschen die Lichter auf der Bühne, und ein kurzer abgebrochener Schrei ertönte. Als die Lampen wieder angingen, lag Patrick reglos am Boden, und ich stand mit dem nun blutigen Stein in der Hand vor ihm und trat ihn die Böschung hinunter, in den kleinen Bach, der am Haus entlangführte. Das war die erste Szene, die von den realen Ereignissen abwich. In Wahrheit hatte ich ihm mit der Faust von hinten gegen den Kopf geschlagen. Damals ging Patrick mit offener Hose zu Boden, woraufhin ich zweimal auf ihn eintrat und er die Böschung hinunterkullerte. Ich folgte ihm, hob einen Stein aus dem Bach auf und schlug ihm damit auf den Hinterkopf. Es war nur ein Schlag, und danach bewegte er sich nicht mehr.

Mein Herz raste vor Angst, als ich diese (wenn auch nicht ganz korrekte) Szene mitansah. Ich war mir sicher gewesen, dass niemand diese Tat beobachtet hatte. Schließlich hatte ihn an diesem Abend keiner gefunden, und als man am nächsten Morgen seine Leiche im blutigen Bach fand, ging die Polizei von einem Unfall aus. Sie meinten, er wäre betrunken auf den Stein gestürzt und sei der Kopfwunde erlegen.

Ich stand von meinem Platz auf und ging zur Tür, durch die ich den Saal betreten hatte. Mein Fluchtinstinkt war geweckt, und ich wollte einfach nur raus. Die Schauspieltruppe wusste, was ich getan hatte, und ich konnte mit der Situation einfach nicht umgehen. Doch als ich die Klinke nach unten drückte, spürte ich, dass die Tür verschlossen war. Es gab keinen Ausweg, ich war eingesperrt.

Michael stand in der Kleidung, die ich an besagtem Abend trug, auf der Bühne, den Stein in der Hand, und sah zu, wie ich verzweifelt versuchte, die Tür zu öffnen.

Er schrie mir einen Befehl zu, und ich hörte die Wut in seiner Stimme: „HINSETZEN!“

Ich schluckte schwer, hatte aber keine andere Wahl. Mit schweißnassen Händen setzte ich mich wieder auf meinen Platz.

Es folgte eine Szene, die erneut ziemlich treffend war, denn mein Ich auf der Bühne ging zu Patricks leblosem Körper und platzierte den Stein so neben seinem Kopf, dass es aussah, als wäre er zufällig dort aufgeschlagen.

Ich empfand eine innere Leere, als ich mit der Tat konfrontiert wurde, die ich bis heute verschleiern konnte. Die ganze Zeit fragte ich mich, woher sie es wussten, und dann sah ich etwas, das mir vorher nicht aufgefallen war.

Durchs Fenster der nachgebauten Hausfassade blickte mich eine Person an. Es war Smilla, eine Freundin von Aylin, die scheinbar auch auf der Feier gewesen war. Ich hatte sie damals nicht gesehen, sie mich hingegen schon.

Vermutlich hatte sie nicht die ganze Tat mitangesehen, weswegen manche Details nicht stimmten. Wahrscheinlich hatte sie nur meinen Oberkörper aus dem Graben ragen sehen, da die Böschung des Bachs meine Beine verdeckte. Erst als am nächsten Tag die Leiche gefunden wurde, hatte sie Rückschlüsse aus ihrer Beobachtung vom Vorabend ziehen können.

Meine Finger krallten sich in den Stuhl, auf dem ich saß, als erneut die Lichter erloschen und eine neue Szene begann. Nun waren zwei Polizisten zu sehen, die die Leiche begutachteten und auf einen tragischen Unfall tippten. Die Szene sollte offenbar Wut ausdrücken, denn die Polizisten wurden boshaft dargestellt. Als würden sie sich keine Sekunde für das Schicksal dieses Toten interessieren.

Auch in der folgenden Szene änderte sich die Darstellung der Polizisten nicht. Zu sehen war Smilla, die bei der Polizei aussagte, dass sie mich im Bachbett stehen gesehen hatte. Doch die Beamten lachten sie nur aus und sagten, sie wäre betrunken gewesen, und ich hätte auch im Bach stehen können, bevor Patrick seinen Unfall hatte. Sie ließen keine alternative Möglichkeit zu, der Fall war für sie abgeschlossen. Und ich hatte von alldem nie etwas mitbekommen.

Die ganze Zeit war ich mir sicher gewesen, Glück gehabt zu haben. Schließlich hat mir nie jemand Fragen gestellt, nie mit diesem Abend oder mit Patrick konfrontiert. Ich dachte, dass ich zufällig den perfekten Mord begangen hatte.

Die Lichter gingen aus, dann folgte eine neue Szene: die verbliebenen Freunde, zusammen mit einem Schwarz-Weiß-Foto von Patrick. Sie weinten und umarmten sich, bis eine von ihnen das Wort ergriff. Es war Aylin, die mit verweinten Augen und zittriger Stimme sagte, der Mord an Patrick dürfe nicht ungestraft bleiben. Die anderen nickten wortlos, und die Lichter gingen aus.

Nervös saß ich da und wartete darauf, dass die Strahler endlich wieder eingeschaltet würden. Die Angst in mir wuchs, zugleich aber überlegte ich, wie ich mich aus der Situation herausreden könnte. Schließlich stellten sie nur Vermutungen an; soweit ich wusste, hatte mich niemand bei der Tat beobachtet. Ich könnte durchaus anführen, zum Bach gegangen zu sein, um ins Wasser zu pinkeln, und Patrick sei zu dem Zeitpunkt nicht dabei gewesen. Den vorangegangenen Streit zwischen uns müsste ich zugeben, der war schließlich detailliert beobachtet worden, aber das war noch kein Beweis, dass ich bereit gewesen wäre, ihn umzubringen.

Die Lichter blieben ungewöhnlich lange aus, und hätte ich nicht gehört, wie Bühnenrequisiten verschoben wurden, hätte ich angenommen, dass dies eben die letzte Szene gewesen war.

Es fühlte sich wie eine Ewigkeit an, bis plötzlich ein blendendes Licht erstrahlte, das den Saal und vor allem die Bühne erhellte. Kurz musste ich die Augen schließen, um sie vor der brennenden Helligkeit zu schützen, bevor ich sie wieder aufschlug und das neue Bühnenbild sah.

Besser gesagt sah ich mich, als wäre auf der Bühne ein großer Spiegel aufgebaut, der mich in ein Paralleluniversum blicken ließ. Sie hatten dieselben Sitzreihen aufgestellt wie im Saal, und die einzige Person darin war Michael, der mich spielte und mir genau gegenübersaß.

Alles war still, niemand sprach auch nur ein Wort. Michael starrte mir genauso schockiert in die Augen wie ich ihm.

Mein Herz schlug immer heftiger, während ich darauf wartete, wie diese Szene aufgelöst würde.

Und dann trat Kiki in Aylins Kleidung hinter Michael hervor. Sie hatte die Hand zu einer Pistole geformt und hielt sie ihm an den Kopf, wobei ihr Blick ebenfalls auf mich gerichtet war. Ich hörte, wie sich jemand im Gang hinter mir näherte und direkt an meinem Platz stehen blieb. Deutlich roch ich das Parfum, das Aylin jeden Tag trug, und vernahm das metallische Klicken einer Waffe, die mir auf den Hinterkopf gedrückt wurde.

Und seitdem sitze ich hier. Seit fünf Minuten verharren wir nun schon so. Aylin meinte ja, dass die Stille vor dem Höhepunkt der aufregendste Moment ist. Der Moment, in dem Aufregung und Ekstase den Saal erfüllen, bevor der Vorhang fällt und alle Leute in tosenden Applaus ausbrechen.

Die Stille macht einen fertig, sie ist nicht auszuhalten, zerfrisst einen von innen heraus und zerrt an den Nerven. Während ich auf den Höhepunkt warte und alle Schauspieler mich anstarren, weiß ich, dass ich den Moment, wenn der Vorhang fällt, nicht mehr miterleben werde.

BRIEFE

Sobald die Nachricht publik wird, erhält man in den folgenden Tagen unzählige Anrufe und Besuche. Freunde, Verwandte und Bekannte nehmen dich in den Arm, weinen bei deinem miserablen Anblick und sagen Dinge wie „Alles wird gut“ oder „Ich bin für dich da“.

In den ersten zwei Wochen fragen Leute sporadisch nach, wie es einem geht. Ob man klar kommt oder Hilfe braucht.

Nach spätestens einem Monat ist die Meldung bei den meisten in Vergessenheit geraten. Ihr Leben geht weiter, als wäre nichts geschehen, und die Erinnerung kommt erst zurück, wenn sie dir begegnen oder von dir hören.

Spätestens nach einem Monat teilst du deine Gefühle nur noch mit der engsten Familie. Oder wie in meinem Fall versuchst du alles, um deine Gedanken zu verdrängen, um nicht daran zu zerbrechen.

Vor 70 Tagen wurde die Leiche meiner Tochter in einem nahe gelegenen Fluss gefunden. Sie war 15 Jahre alt. An diesem Tag sollte sie wie gewöhnlich zur Schule gehen, doch kam sie dort nie an.

Erst als ihr Freund sich wunderte, warum sie auch auf keine Anrufe und Nachrichten reagierte, alarmierte er die Polizei. Er ahnte, dass etwas nicht stimmte.

Ihr Tod war für alle ein Schock. Ich wurde von Polizisten und einem Seelsorger von der Arbeit abgeholt und die ersten Stunden betreut. Erst danach durfte ich die kalte Leiche meiner Tochter sehen, die eine große Platzwunde an der Stirn hatte.

Wenn das eigene Kind stirbt, ist man stigmatisiert. Jeder sieht in dir nur noch den armen Vater, der sein Kind verlor. Alles, wofür du sonst bekannt und geschätzt warst, zählt nicht, du bist nur noch der bedauernswerte Familienvater.

Ich kannte das Gefühl bereits. Acht Jahre zuvor war meine geliebte Ehefrau an Krebs gestorben. Die Krankheit wurde zu spät bemerkt, und es gab nichts mehr, was man für sie tun konnte. Sie starb und ließ mich mit unserer Tochter Kim allein zurück. Auch damals war ich in den Augen aller nur der traurige, alleinerziehende Vater. Dieser Titel wurde nun abgelöst.

Wie ich schon sagte, kommen in den ersten Tagen alle möglichen Leute zu Besuch oder rufen dich an. Die meisten haben ehrliches Mitleid mit dir, wollen dir helfen, dich unterstützen und nicht allein lassen, doch manche wollen nur Informationen. Sie wollen wissen, was die Zeitungen nicht abgedruckt haben.

Immer wenn ich merkte, dass jemand mich auszuhorchen versuchte, legte ich wortlos auf. Natürlich wusste ich zu schätzen, dass Leute mir helfen wollten, doch ich wollte all das nicht. Der Kontakt wurde mir zuwider. Ich wollte mit niemandem reden, nicht bemitleidet werden und erst recht keine Interviews geben.

Während die Polizei ohne Anhaltspunkte den Mörder meiner Tochter suchte, zog ich mich in meine Wohnung zurück. Mein Arbeitgeber stellte mich bezahlt frei, bis es mir wieder besser ginge. Und ich nutzte die freie Zeit, um meine Fenster zu verdunkeln und mich von der Außenwelt abzuschotten.

Nur selten antwortete ich auf WhatsApp-Nachrichten, und Anrufe nahm ich grundsätzlich nicht mehr an.

Lediglich wenn die Polizei vorbeikam, sprach ich mit den Beamten, für sie machte ich natürlich eine Ausnahme, sie gingen schließlich nur ihrem Job nach.

Um ehrlich zu sein, gab es noch eine Person, für die ich eine Ausnahme machte: meine kleine Schwester Amy.

Ich hatte noch nie einen engen Draht zu meinen Eltern gehabt, mein Vater trank viel und hat mich früher häufig geschlagen, während meine Mutter sich nicht sonderlich um mein Wohlbefinden scherte. Amy erging es da nicht besser als mir, doch ich glaube, diese Tortur hat uns zusammengeschweißt. Wir waren stets ein Team, unterstützten uns, wo wir nur konnten, und teilten alles miteinander.

Sie war immer für mich da, und das war jetzt nicht anders. Sie rief oft an, schrieb mir lange Nachrichten, um sich nach mir zu erkundigen, und jeden zweiten Tag, ohne Ausnahme, kam sie zu Besuch vorbei.

In den ersten Wochen wollte sie einfach nur mit mir reden, mich ablenken oder auch trösten. Sie wollte für mich da sein, doch ich blockte alles ab. Wenn sie kam und damit rechnete, dass ich an ihrer Schulter bitterlich weinte, saß ich einfach nur schweigend da. Wenn sie fragte, was ich den Tag so vorhatte, warf ich ihr nur einen vorwurfsvollen Blick zu und ignorierte die Frage. Sie kannte schließlich die Antwort.

Sie hatte es nicht leicht mit mir, gab aber nicht auf. Sie war geduldig und liebevoll, doch irgendwann machte sie mir klar, was ihr Wunsch sei. Mehrfach gab sie mir zu verstehen, dass mein Verhalten nicht gesund sei. Dass ich die Trauer, die Wut und den Hass nicht in mich hineinfressen sollte. Sie sagte, dass ich mit jemandem reden müsse, und wenn ich nicht mit ihr reden wolle, dann wäre vielleicht ein Psychologe der beste Ansprechpartner.

Immer wieder sagte sie, dass ich doch in Therapie gehen sollte. Oder erzählte mir von einer guten Bekannten, die Psychologin sei und sich mit Traumabewältigung auskenne. Als ich alle ihre Forderungen und Wünsche ablehnte, wurde Amy noch vehementer. Sie sprach gegen meinen Willen mit der Psychologin, und die erklärte sich bereit, mit mir zu arbeiten, sobald ich Zeit hätte. Alles, was Amy wollte, war ein simples Ja von mir, damit sie die Therapie in die Wege leiten konnte. Doch dieses Ja bekam sie nicht, ich blieb stur und Amy geduldig. Nach über 40 Tagen, in denen ich mit niemandem sprach, sondern mich nur vor der Außenwelt versteckte und meine Gedanken für mich behielt, wurde es auch ihr zu viel.

Vor circa vier Wochen klingelte es dann an meiner Tür. Ich saß in Unterwäsche auf meinem Sofa, hatte lediglich eine Stehlampe an und blätterte die Lokalzeitungen durch, um zu ergründen, ob es neue Informationen zum Fall meiner Tochter gab. Doch wie so oft wurde nicht darüber berichtet.

Träge stand ich von meinem Sofa auf und trottete zur Tür. Da meine Schwester mir angekündigt hatte, dass sie vorbeikommen wollte, machte ich mir nicht einmal die Mühe, durch ein Fenster zu spähen, um einen Blick auf den Besucher zu werfen.

Als ich die Tür entriegelte und vorsichtig einen Spalt aufzog, erblickte ich meine Schwester auf meiner Türschwelle. Sie hatte ein verlegenes Grinsen im Gesicht, das mich verwunderte. Und als ich die Tür gänzlich öffnete, verstand ich, warum.

Neben ihr stand eine Frau, gekleidet in eine dunkelgrüne Bluse und einen Bleistiftrock. Sie hielt eine braune Ledertasche in der Hand, trug ihre blonden Haare zu einem Pferdeschwanz gebunden und hatte eine rahmenlose Brille auf der Nase.

Beide blickten mich an, als warteten sie nur darauf, dass ich die Stille mit einem freundlichen „Hallo“ oder „Kommt doch herein“ durchbrechen würde.

Doch das tat ich nicht. Ich wusste, wer diese Frau war, ohne Zweifel musste es sich bei ihr um die Psychologin handeln, von der Amy schon so oft gesprochen hatte. Ihr Aussehen passte perfekt in mein klischeebehaftetes Bild.

Ich seufzte schwer und sagte nur: „Amy, wirklich?“

„Hey. Es tut mir leid, aber ich hab keinen anderen Ausweg gesehen.“ Amy nahm mich liebevoll in den Arm, bevor sie sich löste und mir in die Augen sah. „Das ist Frau Dr. Rowedder. Sie kennt sich bestens aus mit der Traumabewältigung, und ich glaube, sie kann dir sehr helfen.“

„Guten Tag Herr Kruse. Es freut mich, sie kennenzulernen. Nennen sie mich doch ruhig Sabine, wenn sie möchten.“ Die Stimme der Psychologin klang freundlich, und sie streckte mir zur Begrüßung die Hand entgegen. Ich ignorierte diese Geste.

„Amy, ich hab dir gesagt, ich will das nicht!“, schnauzte ich meine Schwester an und sah deutlich, wie schlecht sie sich fühlte.

„Herr Kruse, ich verstehe ihre Wut, aber bitte sehen Sie das nicht als einen Vertrauensbruch“, sagte Frau Rowedder, die über meine Unhöflichkeit hinwegsah. „Ihre Schwester macht sich große Sorgen um Sie. Wir sind hier, um zu helfen.“

Gerade als ich protestieren wollte, sah meine Schwester mir tief in die Augen. Schon als wir Kinder waren, setzte sie stets diesen großen, traurigen Dackelblick auf, mit dem sie nur zu oft ihren Willen bekam. Ich wusste, dass sie mir helfen wollte und wie sehr mein Verhalten sie schmerzte.

Schweren Herzens entschied ich mich, meiner Schwester zuliebe Frau Rowedder zuzuhören. Auch wenn mir die Therapie egal war, sollte Amy wenigstens sehen, dass mir ihr Rat wichtig war. Wortlos trat ich zur Seite und deutete mit einer Handbewegung an, dass die beiden hereinkommen dürften. Ich ging umgehend zum Sofa zurück und setzte mich.

Amy holte zwei Stühle aus der angrenzenden Küche und stellte sie für Frau Rowedder und sich an den Wohnzimmertisch mir gegenüber.

„Also, Herr Kruse“, fing die Psychologin an. „Es ist normal, dass sich Patienten zurückziehen, die ein Trauma erlebt haben. Dafür muss man sich auch überhaupt nicht schämen. Aber ihre Art, mit der Trauer umzugehen, wird Ihnen auf lange Sicht schaden.“

Anstelle ihr eine ordentliche Antwort zu geben, schnauzte ich nur ein simples „Aha“.

„Stellen sie es sich so vor: Ihr Körper ist wie ein Ballon, der stoßweise aufgeblasen wird. Bei unterdrückter Trauer und Wut bläst sich der Ballon immer weiter auf. Am Anfang mag das funktionieren, aber irgendwann hat der Ballon seine Kapazität erreicht. Und wenn er dann weiter aufgeblasen wird, platzt er.“ Während sie redete, hielt sie durchgehend Blickkontakt zu mir. „Sie können ihre Gefühle verstecken, doch wenn sie so weitermachen, brechen Sie irgendwann zusammen“, fuhr sie sachlich fort. „Sie können diesen Kollaps aber auch verhindern, indem sie immer mal wieder etwas Druck ablassen und über ihre Emotionen sprechen.“

Ich saß vor ihr und rührte mich nicht einmal. Mein Blick war starr auf sie gerichtet.

Unbeeindruckt von meinem trotzigen Verhalten fuhr sie fort: „Wie war Ihre Beziehung zu Ihrer Tochter?“

Stille senkte sich über den Raum, während sie auf eine Antwort von mir hoffte. Doch meine Lippen blieben versiegelt.

Dafür antwortete meine Schwester. „Sie hatten ein gutes Verhältnis. Sie hatten ja nur noch einander.“ Amy sah beschämt zu Boden.

Ich warf ihr einen missmutigen Blick zu.

„Ich verstehe“, sagte Frau Rowedder und notierte etwas auf einem kleinen Notizblock. „Am Tag ihres Verschwindens – was war ihr letztes Gespräch?“

Die Frage traf mich härter als erwartet. Sie war so direkt und persönlich. Selbst wenn ich ihr hätte antworten wollen, wäre das nicht möglich gewesen, da es mir die Sprache verschlagen hatte.

Dafür ergriff meine Schwester erneut das Wort. „Sie hatten eine kleine Auseinandersetzung.“

„Amy!“, fuhr ich sie an, und sie zuckte zusammen und sah zu Boden.

„Es muss hart sein, wenn die letzten Worte an die Tochter im Streit gefallen sind“, sagte die Therapeutin und sah erneut zu mir.

„Ja“, antwortete ich knapp. „Ich denke oft daran.“

Meine plötzliche Antwort entsprang nicht dem Wunsch, mit dieser Frau zu kooperieren, sondern war eher ein Schutzmechanismus. Wenn die Therapeutin ohnehin alles erfuhr, wollte ich lieber mit ihr darüber reden, statt das meiner Schwester zu überlassen.

„Können Sie das etwas ausführen?“, fragte sie mich und neigte leicht den Kopf.

„Was soll ich da ausführen?“, antwortete ich trotzig und setzte mich aufrechter auf dem Sofa hin. „Wir hatten Zoff.

Sie hat mir Gemeinheiten an den Kopf geworfen, und ich war auch nicht nett."

„Ich verstehe", erwiderte Frau Rowedder leise, während sie erneut etwas auf ihrem Block notierte. Zu gerne hätte ich gewusst, was sie aus meinen Antworten so Interessantes herauslas. „Wie haben Sie sich gefühlt, als bekannt wurde, dass Ihre Tochter tot ist? Was ging in Ihnen vor?"

„Ich war schockiert, wütend und hatte Angst. Reicht das?" Ich wandte den Blick von der Psychologin ab und schaute zu Amy. „Ich habe wirklich keine Lust, darüber zu reden. Diese Fragen musste ich schon oft genug gegen meinen Willen beantworten. Alles, was ich will, ist Ruhe!"

Amy traute sich nicht, mir in die Augen zu schauen, sie blickte starr zu Boden, als wäre der von Krümeln bedeckte Teppich gerade unfassbar interessant.

„Hören Sie mir bitte einmal zu", sagte die Therapeutin. „Wie vorhin erwähnt, sind Sie auf einer gefährlichen Gratwanderung. Ich verstehe, dass Sie über dieses traumatische Erlebnis nicht sprechen wollen, aber Sie dürfen Ihre Emotionen nicht in sich anstauen. Sie müssen ein Ventil dafür finden, und dazu müssen Sie mit jemandem reden."

„Wenn das so ist, dann behalte ich lieber alles für mich. Ich hab genug geredet", fuhr ich sie gefühllos an.

„Sie müssen nicht mit mir reden. Reden Sie mit Ihrer Schwester oder irgendeinem Menschen, der Sie hört", sagte Frau Rowedder, und zum ersten Mal erweckte sie eine ehrliche Neugierde in mir. „Wenn Sie an den Mörder Ihrer Tochter denken, den Mann, der Ihre Familie zerstört hat und draußen frei herumläuft, dann haben Sie doch bestimmt ein paar Takte, die Sie ihm gerne sagen würden, oder?"

Aufmerksam sah ich sie an, und sie bemerkte vermutlich schnell, dass ich ihren Ausführungen nicht ganz folgen konnte.

„Ihre ganze Wut, Trauer und Verzweiflung sollten Sie ihm mitteilen. Das alles staut sich derzeit in Ihnen an", fuhr sie fort und hatte einen triumphierenden Ausdruck im Gesicht.

Amy blickte verwundert zu ihr und fragte: „Wie soll er dem Mörder etwas sagen, der wurde schließlich noch nicht gefangen? Wir wissen nicht, wer es ist."

„Das müssen wir auch nicht." Die Psychologin legte das Notizbuch weg. „Ich möchte, dass Sie dem Mörder ihrer Tochter einen Brief schreiben oder sogar mehrere. Diese Briefe haben einen symbolischen Wert, schreiben Sie einfach alles rein, was Sie dem Mörder sagen wollen. Seien Sie ruhig wütend, beleidigen Sie ihn, bedrohen Sie ihn oder flehen ihn an, dass er sie Ihnen zurückbringen soll. Alles ist erlaubt, es geht nur darum, dass Sie Ihre Gedanken ausformulieren. Glauben Sie mir, das wird Ihnen helfen. Und wenn Sie sich bereit fühlen für eine Therapie, dann kommen Sie zu mir, wir finden rasch einen Termin."

Nach dieser Idee von Frau Rowedder war das Gespräch beendet. Sie stand vom Stuhl auf, strich sich den Rock gerade und verabschiedete sich von mir. Amy, die skeptisch wirkte, begleitete sie zu ihrem Auto, bevor sie noch einmal kurz zu mir zurückkam.

„Es tut mir so leid! Ich wusste einfach nicht weiter und mache mir Sorgen um dich", sagte Amy. Man hörte ihr an, was für ein schlechtes Gewissen sie mir gegenüber hatte.

„Alles gut", sagte ich und umarmte sie. „Für dich – und nur für dich – werde ich das mit diesen dummen Briefen mal ausprobieren."

Amys Augen leuchteten voller Hoffnung auf. Wie gesagt, meine Schwester hatte etwas an sich, dem ich nie widersprechen konnte.

Einige Stunden vergingen, es wurde Abend, ich saß an meinem Schreibtisch und hatte ein leicht zerknicktes Blatt Papier vor mir liegen. Mit einem Kugelschreiber in der Hand starrte ich die leere Seite an und überlegte, was ich schreiben sollte.

Ehrlich gesagt, kam ich mir albern und dumm vor bei dem Gedanken, jetzt einen Brief zu verfassen, damit es mir danach besser ging. Und gerade, als ich überlegte, das Ganze vielleicht doch zu verschieben oder gänzlich sein zu lassen, kam mir Amys hoffnungsvoller Blick in den Sinn. Ich atmete tief durch und begann einfach zu schreiben, was mir einfiel.

Und ich schrieb und schrieb und schrieb.

Wie besessen brachte ich alles zu Papier, was mir so durch den Kopf schwirrte. Zunächst schrieb ich Dinge wie „Du hast alles kaputt gemacht! Ich hasse dich“ oder „Warum musstest du das tun?“. Doch je länger der Brief wurde, desto direkter wandte ich mich an den Mörder meiner Tochter. Ich schrieb etwa regelrechte Drohungen auf. „Glaubst du wirklich, dass du damit durchkommst? Dass sie dich nicht finden? Wie dumm bist du?“

Wie in Rage schrieb ich einfach weiter, bis irgendwann die DIN-A4-Seite voll war. Mit kaltem Schweiß auf der Stirn und schwer atmend blickte ich auf meinen Brief. Las die Worte und Beleidigungen, die ich geschrieben hatte. Erkannte, was für eine Angst und Wut in den Zeilen steckte, und musste tatsächlich feststellen, dass es mir mittlerweile deutlich besser ging. Obwohl ich damit nicht gerechnet hatte, hatte mir das Schreiben eine Last von den Schultern genommen. Es fühlte sich gut an, nicht einfach in Selbstmitleid zu versinken, sondern auch mal loslassen zu können.

Sosehr es mich mit Scham erfüllte, ich musste zugeben, dass dieser Trick der Therapeutin tatsächlich funktionierte.

Ich wollte keine Therapie beginnen, das schien mir eine schlechte Idee zu sein, aber die Briefe an den Mörder meiner Tochter zu verfassen hatte so gutgetan, dass ich anfing, dieses Ritual in meinen wöchentlichen Rhythmus aufzunehmen.

Und es half mir wirklich. Jede Woche schrieb ich einen, manchmal sogar zwei neue Briefe. Alles, was mir einfiel, all meine Gedanken und Sorgen schrieb ich nieder. Und ich fing an, mich aus dem Haus zu wagen. Plötzlich konnte ich wieder einkaufen gehen, besuchte meine Schwester oder machte sogar einfach eine Radtour. Es war mir wieder möglich, die Schönheit der Welt zu genießen und meine Sorgen, Schuldgefühle und Ängste auszudrücken.

Und so machte ich weiter.

Jeden Donnerstag setzte ich mich abends an meinen Schreibtisch und schrieb einen neuen langen Brief an den Mörder meiner Tochter.

Und jeden Montag, wenn die Post vorbeikam, holte ich denselben Brief aus dem Briefkasten, las ihn durch und verbrannte ihn dann im Kamin.

Es tat gut, mir diese Dinge an den Kopf zu werfen und ehrlich zu mir selbst zu sein. Doch trotzdem musste ich die Beweise vernichten.

Niemand darf je erfahren, wie sehr der Streit an jenem Tag wirklich eskalierte.

ELTERNHAUS

Es fühlte sich seltsam an, dieses Haus zu betreten, irgendwie leer. So als käme man an einen Ort, der normalerweise lebhaft, jetzt aber von gespenstischer Stille geprägt war. Wie die eigene Schule, in die man nachts eindrang, oder der Parkplatz eines Kinos nach einer Spätvorstellung.

Doch dieser Ort hatte eine besondere Bedeutung für mich, denn es handelte sich um mein Elternhaus.

Ich war nicht oft hier, zumindest nicht so oft, wie es angemessen gewesen wäre. Nachdem ich mit 18 ausgezogen war, besuchte ich meine Eltern nur noch sporadisch. Anfangs jeden Monat, dann alle drei, und irgendwann sah ich sie nur zwei Mal im Jahr.

Es ist nicht so, dass ich etwas gegen meine Eltern habe, ich liebe sie, doch ich habe mittlerweile mein eigenes Leben, und ehrlich gesagt, verbinde ich mit diesem Haus keine allzu guten Erinnerungen.

Die meisten seltsamen Dinge, die ich hier erlebt habe, versuchte ich nach meinem Auszug zu verdrängen, doch immer wenn ich über die Türschwelle trat oder nur daran dachte, hierherzufahren, holten sie mich wieder ein. Albträume und Angstzustände waren dann keine Seltenheit mehr.

Doch all diese Dinge waren vergessen, als meine Mutter mich vor einer Woche anrief und den Tränen nahe war. Sie erzählte mir, dass mein Vater einen Unfall hatte und im künstlichen Koma liegen würde, die Ärzte wüssten noch nicht, ob er wieder aufwachen würde.

Sie bat mich, zu ihr zu fahren und ihr zu helfen. Obwohl sich alles in mir sträubte, willigte ich ein. Ich rief umgehend bei der Arbeit an und erklärte, dass ich circa zwei Wochen ausfallen würde. Sie waren verständnisvoll, und so machte ich mich gleich auf den Weg zum Haus meiner Eltern, das gut zwei Stunden entfernt war.

Mit jedem Kilometer, mit jeder Minute wurde ich nervöser. Meine Handflächen begannen zu schwitzen und hinterließen auf meinem ledernen Lenkrad feuchte Spuren. Als ich spürte, dass eine Panikattacke in mir aufstieg, kurbelte ich das Fenster herunter und zwang mich dazu, langsam zu atmen. Die Vorstellung, nicht nur für ein paar Stunden dort zu sein wie an Weihnachten, sondern gleich für mehrere Tage, ließ mein Gehirn verrückt spielen. Ich war kein Kind mehr, fühlte mich aber wieder wie eines.

Als ich meine Heimatstadt erreichte, hielt ich kurzzeitig an einem Seitenstreifen an. Es fühlte sich an, als müsste ich mich übergeben, als würde ich gleich vor Druck und Panik ohnmächtig werden, doch es half alles nichts.

Während ich krampfhaft versuchte, an andere Dinge zu denken, fuhr ich auf die Einfahrt meiner Eltern und stellte den Motor ab. Eigentlich war diese Gegend schön. Wir hatten ein recht großes Haus mit zwei Etagen, Dachboden und Keller. Der Garten war umzäunt von einer hohen Hecke, und wir besaßen früher nicht nur eine Schaukel und Rutsche, sondern auch einen wunderschönen Apfelbaum, auf den ich oft geklettert war, um die meist noch unreifen Äpfel zu pflücken.

Auch die Nachbarn waren freundliche Leute. Früher wohnte zur Linken eine nette ältere Dame, Frau Grimm. Sie ging jeden Tag lange spazieren und brauchte aufgrund ihrer Verfassung meist schon zehn Minuten, nur um an unserem Grundstück vorbeizukommen. Als ich fünf oder sechs war, verstarb sie leider. Meine Mutter sagte damals, sie sei einfach alt geworden und hätte aufgehört zu leben, die genaue Todesursache wurde mir nie gesagt.

Danach zog ihre Tochter Liza dort ein, zu der ich nie wirklich Kontakt hatte.

Auf der anderen Seite wohnte ein Mann namens Feldner. Ich kannte ihn nicht gut, ich wusste nur, dass er ein ewiger Junggeselle war und als Mechaniker oder Mechatroniker arbeitete. Bei der Reparatur seines Autos war ihm damals die Motorhaube zugeschlagen und hatte ihm ein Stück des Fingers abgetrennt. Sein Schrei war laut zu hören gewesen, doch glücklicherweise war meine Mutter Sanitäterin und konnte ihm schnell helfen.

Auch die Schule hier war ruhig und sicher, es gab nie Zwischenfälle, abgesehen von einem Schulverweis, weil ich meinem Lehrer in der zweiten Klasse einen Schneeball ins Gesicht geworfen hatte. Die Strafe finde ich bis heute überzogen für ein Kind. Aber Herr Gruber war nie ein freundlicher Mann gewesen; könnte ich in der Zeit zurückreisen, würde ich ihm den Schneeball wieder ins Gesicht schmettern.

Auch das Schwelgen in schöneren Zeiten half mir nicht, die Realität meiner derzeitigen Lage zu ignorieren.

Ein letztes Mal wischte ich mir mit den Händen durchs Gesicht, stieg dann aus dem Auto, nahm meinen Koffer von der Rückbank und ging zur Haustür. Meine Hand zitterte, während ich die Fingerspitzen auf die Türklingel legte. Ich wollte den Knopf drücken, hatte jedoch das Gefühl, als wäre mein ganzer Arm erstarrt. Es war, als würden sich alle Muskeln anspannen und mir den Dienst versagen. Doch während ich den Blick starr auf das niedliche, verzierte Schieferschild mit den vier Namen richtete, öffnete sich plötzlich die Tür.

Meine Mutter stand vor mir und erschrak, als sie mich sah.

„Oh Erik! Tut mir leid, ich wusste nicht, dass du schon da bist“, sagte sie völlig aus der Fassung gebracht.

Statt ihr zu antworten, warf ich ihr nur einen genervten Blick zu, der sie zunächst überraschte, aber dann begriff sie, was los war.

„Patrick! Es tut mir leid, ich hab wieder Erik gesagt.“ Sie rieb sich mit zwei Fingern die Augen. „Ich bin einfach so durch den Wind seit dem Unfall. Es ist alles sehr schwer gerade.“

Ohne ein Wort zu sagen, nahm ich sie in den Arm, ich sah, wie kaputt sie war. Ihr Gesicht war eingefallen, die Augen gerötet und ihre Lippen spröde. Sie sah aus, als wäre sie auf einen Schlag um 20 Jahre gealtert, oder zumindest innerhalb der letzten drei Monate, in denen ich sie nicht gesehen hatte.

„Mama, was ist denn passiert?“, fragte ich sie, als wir uns aus der Umarmung lösten.

„Dein Vater wollte zur Arbeit fahren und hat anscheinend das Stoppschild in der Brandtstraße nicht beachtet. Er ist auf die Kreuzung gefahren, und ein anderer Wagen hat ihn mit voller Geschwindigkeit in die Seite gerammt." Sie klang, als ringe sie wieder mit den Tränen.

„In der Brandtstraße? Die ist doch gleich um die Ecke, wie kann er das Schild vergessen? Das steht schon da, seit ich ein Kind war!", entgegnete ich verwundert.

„Mein Schatz, ich weiß es nicht, du kennst deinen Vater, vielleicht war er abgelenkt." Sie schluckte schwer. „Ich muss jetzt wieder ins Krankenhaus. Du kannst es dir oben in eurem Kinderzimmer gemütlich machen! Da stehen ein paar Kisten, bring die gerne auf den Dachboden, dann hast du mehr Platz!" Sie umarmte mich erneut und ging an mir vorbei zu ihrem Auto. „Und danke! Es bedeutet mir viel, dass du da bist!", sagte sie mit einem künstlichen Lächeln und stieg dann ein.

„Und danke!" Ich trug meinen Koffer hinein und schloss die Tür hinter mir.

Und da war ich nun, zurück an dem Ort, den ich unbedingt hatte verlassen wollen.

Seit meiner Kindheit hatte sich hier nicht sonderlich viel verändert. Die Möbel waren dieselben, die Tapeten auch, und selbst die Fotos hingen alle noch an ihren angestammten Plätzen. Es roch aber mittlerweile ein wenig muffiger als früher. Zu meiner Linken hing im Hausflur eines jener Bilder, die ich einfach nicht mehr sehen konnte. Ein Familienfoto. Unser gemeinsamer Urlaub in Italien. Darauf war ich als kleiner Junge abgebildet, vielleicht gerade einmal acht Jahre alt, begraben unter feinem Sand, nur mein Kopf ragte heraus, ein breites Grinsen im Gesicht. Neben mir saß meine Mutter, die freundlich in die Kamera oder meinen Vater anlächelte, der die Aufnahme machte, und neben mir saß mein kleiner Bruder Erik und schaufelte weiter Sand auf mich drauf. Es war lange her, seit ich ihn das letzte Mal gesehen hatte, und doch ertrage ich es einfach nicht, ihn anzuschauen.

Ich schleppte meinen Koffer die Treppe hinauf und betrat unser altes Kinderzimmer auf der rechten Seite.

Es war wie eine Reise in die Vergangenheit, alles sah noch

so aus wie früher. Unser Stockbett stand in der Ecke, die Sticker von unterschiedlichen Animes klebten auf dem alten Holztisch, die Möbel waren dieselben wie damals und befanden sich an ihren angestammten Stellen, Eriks Wachsmalstiftzeichnungen zierten nach wie vor die Wände. Meine Eltern hatten seit meinem Auszug nur wenig im Haus verändert, sie hatten lediglich ihr Schlafzimmer in einen anderen Raum verlegt, der Rest blieb gleich.

Hätte ich es nicht besser gewusst, hätte ich beinah das Gefühl bekommen, in meine Kindheit zurückversetzt zu sein.

Meinen Koffer stellte ich an einen großen Holzschrank, den ich nicht einmal ansehen wollte, und setzte mich auf mein Bett.

Ihr müsst wissen, wenn man noch klein ist, ist ein gemeinsames Zimmer toll. Erik und ich waren im Abstand von nur knapp einem Jahr geboren worden, und so hatte ich stets einen Spielkameraden. Wir bauten in unserem Zimmer Burgen aus Bauklötzen, spielten mit Actionfiguren oder malten die seltsamsten Bilder, während wir uns Geschichten ausdachten. Erik konnte wirklich gut zeichnen. Als meine Mutter damals bemerkte, dass er die Wände bekritzelte, war sie unfassbar wütend auf ihn, doch ich erklärte ihr, dass es meine Idee gewesen sei, weil ich seine Bilder so mochte. Meine Mutter gab nach und erlaubte es ihm, und so wuchs das sporadisch fortgeführte Mosaik aus Zeichnungen immer weiter.

Die Tage waren voller Abenteuer, die Nächte hingegen waren schlimmer.

Es fing damit an, dass Erik mich eines Nachts weckte. Er schlief im oberen Bett, und wenn er etwas von mir wollte, dann warf er sich meist hin und her, sodass der Bettrahmen wackelte. Das reichte, um mich aufzuwecken.

Es muss passiert sein, als ich neun war – er rüttelte mich wach, und als ich müde fragte, was los sei, sagte er nur:

„Hörst du das?“

Ich blieb einen Moment still und hörte nichts, bis auf den Wind draußen. Da es ein sehr heißer Sommer war, ließen wir die Fenster auf, damit eine halbwegs ertragbare Temperatur im Haus herrschte. Gerade als ich Erik sagen wollte, er solle nicht so ein Angsthase sein, erstarrte ich, als auch ich es plötzlich hörte.

Für einen kurzen Moment vernahm ich ein lautes Husten, ohne zuordnen zu können, von wo es wirklich kam. Obwohl das Geräusch gleich wieder verklang, ließ es mich zusammenzucken, und ich zog mir die Decke über Mund und Nase.

„Das ist jetzt schon das dritte Mal, dass ich das höre. Es macht mir Angst", flüsterte Erik vom oberen Bett.

Natürlich hatte ich auch Angst, aber als großer Bruder war es meine Pflicht, ihn zu beruhigen. Daher sagte ich, es sei vermutlich nur das knarrende Holz, das wir in unserer Einbildung als Husten interpretierten. Doch während ich versuchte, meine eigene Angst zu überspielen, hörten wir es erneut, und ich verstummte.

Diesmal war deutlich zu hören, dass das Husten durch das offene Fenster drang. Keiner traute sich, ein Wort zu sagen, wir versuchten sogar, möglichst leise zu atmen, um nicht bemerkt zu werden.

Nach einem Moment der Stille waren kurz Schritte vor dem Fenster zu hören. Kleine Äste, die von unserem Apfelbaum im Garten gefallen waren, knackten und brachen unter den Füßen von was auch immer da draußen war.

Erneut hörten wir Schritte, bevor wieder die gewöhnliche Stille der Nacht einkehrte.

Es dauerte Stunden, bis Erik und ich einschlafen konnten, und am nächsten Morgen hatten wir nur ein Thema: Wer oder was war draußen unter unserem Fenster gewesen?

Nachdem wir uns angezogen hatten, rannten wir die Treppe hinunter und in den Garten hinaus, zu der Stelle, an der wir gestern das Husten gehört hatten.

Das Tageslicht flößte uns genug Mut ein, um uns hier umzusehen. Wir hatten bereits auf dem Weg nach draußen und beim Anziehen darüber gesprochen, was uns hier wohl erwartete. Erik vermutete damals, dass es vielleicht ein Tiger war, der uns auflauerte. Eine sehr absurde Vorstellung, wobei meine Idee, es handele sich um ein gruseliges Monster, nicht viel besser war.

Doch als wir unter unserem Fenster angekommen waren, sahen wir nichts. Keine Kratzspuren eines Tigers an der Wand, keine mysteriösen Abdrücke einer gruseligen Kreatur am Boden. Alles wirkte ziemlich normal.

Während ich dort stand und durchs Wohnzimmerfenster vor mir und dann hinauf zu unserem Schlafzimmer- und Badfenster blickte, rief Erik mich zu sich und meinte, ich solle mir etwas ansehen.

Neugierig ging ich zu ihm, und er zeigte einfach nur wortlos zu Boden. Und tatsächlich, dort lag ein in der Mitte durchgebrochener Zweig unseres Apfelbaumes – das passte zu dem Knacken, das wir gestern Nacht gehört hatten.

Für Erik und mich war das Beweis genug, dass hier jemand entlanggelaufen sein musste. Mit weit aufgerissenen Augen und offenen Mündern sahen wir einander an und rannten dann ins Haus, um unseren Eltern davon zu berichten.

Wir waren damals so aufgeregt, dass wir beide gleichzeitig losplapperten und unsere Eltern kaum verstanden, was wir wollten.

Doch während wir sicher waren, dass da draußen jemand gestanden hatte, sagte unser Vater nur: „Na, dann passt am besten gut auf, sonst kommt er euch noch holen, wenn ihr unartig seid!“ Daraufhin lachte er, umarmte uns beide und hob uns hoch.

Er nahm unsere Geschichte nicht ernst, brachte uns aber zum Lachen, und ich glaube, danach ließen wir das Thema erst einmal auf sich beruhen.

Im Grunde hätte die Sache damit erledigt sein können, doch dem war leider nicht so. Seit jenem Vorfall hörten wir immer wieder gruselige Geräusche. Seien es Schritte im Garten, seltsam raschelnde Äste oder auch knarzendes Holz im Haus. Es war, als würde irgendetwas in unserer Nähe existieren, und immer wenn wir es hörten, erstarrten wir vor Angst.

Das Ganze ging über mehrere Wochen, jede Nacht wachte ich auf, da der Bettrahmen durchgerüttelt wurde – Eriks Zeichen dafür, dass draußen jemand zu warten schien. Da ich in letzter Zeit kaum noch genügend Schlaf bekam, entschied ich mich nachzusehen, auch, um vielleicht meinen Bruder beruhigen zu können.

Ich war ein Kind, Monster und Co. waren für mich nicht undenkbar, allerdings wusste ich auch, dass es so nicht weiterging.

Nervös trat ich ans Fenster und spähte am Vorhang vorbei hinaus in den Garten. Es war eine sehr düstere Nacht, der Mond war von Wolken bedeckt, was die Sicht erschwerte. Ich suchte das einsehbare Grundstück gründlich ab, ohne etwas zu erblicken.

Dann jedoch sah ich plötzlich etwas. In der Dunkelheit war eine Bewegung auszumachen, meine Augen fokussierten sich sofort darauf, und ich erschrak für einen kurzen Moment.

Während ich hinausschaute und mein Herz wie verrückt schlug, erkannte ich, was für ein Wesen sich in unseren Garten verirrt hatte.

An unserem Apfelbaum stand ein Reh. Es ging langsam umher, sah sich um und sprang dann plötzlich davon und zerbrach mit den Hufen die Zweige am Boden.

Als ich das sah, fiel eine gigantische Last von meinen Schultern. All die Sorgen waren unbegründet gewesen, und ich lachte am Fenster laut auf.

„Erik! Da draußen war nur ein Reh“, sagte ich mit einem breiten Grinsen im Gesicht und legte mich zurück in mein Bett.

Für mich war klar, dass der ganze Spuk nun endlich sein Ende gefunden hatte.

Doch Erik war anderer Meinung. „Ein Reh? Niemals!“, protestierte er, weiterhin unter der Bettdecke kauernd.

„Ich hab es doch eben gesehen, du Angsthase!“, stieß ich hervor und hoffte, dass er nicht bemerkt hatte, dass ich genauso viel Angst wie er gehabt hatte.

„Und das Husten?“, fragte er skeptisch.

„Rehe können auch husten! Das weiß jeder“, behauptete ich, ohne eine Ahnung zu haben, ob das überhaupt stimmte. „Und jetzt schlaf weiter!“

Erik verstummte in seinem Bett, und ich schlief ein.

Mein Wunsch war, endlich wieder durchschlafen zu können. Dass alles zur Normalität zurückkehren würde, doch das war nicht der Fall.

Alle paar Nächte ließ Erik erneut das Bett erbeben, ich wachte auf, und er erzählte mir, dass er wieder die Geräusche gehört habe.

Es nervte mich, dass er einfach keine Ruhe gab. Mehrfach sagte ich ihm, dass es mir reiche und er gefälligst aufhören solle, sonst würde ich das unseren Eltern petzen gehen. Wütend behauptete ich, er würde dann ins Heim kommen und ich ein Einzelkind werden. Als diese leere Drohung auch nicht wirkte, probierte ich es auf eine andere Weise: Ich ignorierte ihn.

Er konnte so viel am Bett rütteln, wie er wollte, ich ließ die Augen geschlossen und versuchte, wieder einzuschlafen, ohne mir anmerken zu lassen, dass er mich geweckt hatte.

Für mich funktionierte diese Taktik, doch ich spürte, dass die Angst in Erik wuchs. Er schlief zunehmend weniger, bekam tiefe Augenringe und berichtete immer wieder von diesen Geräuschen.

Eines Tages jedoch änderte sich seine Aussage. Nachdem ich sein Rütteln mehrere Nächte lang ignoriert hatte, wachte ich eines Samstagmorgens auf, streckte mich im Bett, stand auf und blickte zu ihm hoch.

Häufig erwachte ich vor Erik und weckte ihn dann, damit er nicht den ganzen Tag verschlief. Diesmal jedoch war das nicht nötig.

Als ich ihn erblickte, erschrak ich so sehr, dass ich rücklings umfiel und auf meinem Hintern landete. Erik saß aufrecht im Bett, den Blick an mir vorbei zur Tür gerichtet. Er wirkte wie versteinert.

Seine Augen waren gerötet und seine Haut kreidebleich. Als mein Schock abgeklungen war, fragte ich ihn, was los sei.

„Er war hier“, antwortete Erik dumpf, ohne den Blick von der Tür abzuwenden.

„Wer war hier?“ Ich beäugte meinen kleinen Bruder skeptisch.

„Der Besucher“, sagte er und begann plötzlich zu weinen.

Ich kletterte ein paar Leiterstufen am Bett hinauf und legte ihm die Hand auf den Arm. „Alles ist gut! Wovon redest du?“

„Von dem, der uns jede Nacht besucht. Er war hier, er hat uns im Türrahmen beobachtet!“ Erik holte tief Luft. „Er stand genau da!“ Mein Bruder deutete auf unsere verschlossene Holztür.

Ich fand seine Aussagen seltsam, wusste nicht, wen er gesehen haben wollte. Aber dass ein „Besucher“ bei uns gewesen sein sollte, konnte ich mir nicht vorstellen. Die Türen waren stets abgeschlossen, und wenn hier jemand gewesen wäre, hätte ich das doch auch bemerken müssen.

Am besten wäre es wohl, Erik zu beruhigen, so erschien es mir zumindest.

Vermutlich hatten die Angst und der Schlafmangel seinem Gehirn einen Streich gespielt, und er sah Dinge, die gar nicht da waren.

Ich selbst mit meinen jungen Jahren hatte so etwas schon häufiger erlebt. Man blickte im dunklen Zimmer zu einem Stuhl, auf der schmutzige Wäsche lag, und das Gehirn erkennt in den Konturen plötzlich eine grauenhafte, bestialische Kreatur. Die verschwindet aber, sobald das Gehirn begreift, was es wirklich sieht. Ich vermutete, dass Erik genau das passiert war.

„Junge, das hast du dir eingebildet! Hier war niemand!“ Ich klopfte ihm auf die Schulter.

Doch sein Blick verriet mir, dass er es todernst meinte.

„Na komm, lass uns runtergehen und etwas essen. Mama wartet bestimmt schon auf uns!“

Erik rührte sich keinen Zentimeter vom Fleck.

Mit einem Schulterzucken kletterte ich die Leiter hinunter, schnappte mir meine Kleidung und machte mich auf den Weg zum Esstisch. Meine Eltern saßen schon daran, meine Mutter las ein Buch, und mein Vater blätterte in der Zeitung, während er seinen vermutlich vierten Kaffee trank.

Meine Mutter sah mich verwundert an und fragte mich, ob mein Bruder nicht kommen würde.

Ich schmierte mir Marmelade aufs Brot und erklärte ihr, dass er im Bett liege und Angst vor einem Monster habe, das uns angeblich nachts beobachtet habe. Auch wenn ich in abschätzigem Ton davon berichtete, wollte ich mich nicht über Erik lustig machen – vielmehr verspürte ich den Drang in mir, es jemandem zu erzählen. Es gab mir ein Gefühl der Sicherheit, meine Eltern in die Sache einzuweihen.

Während meine Mutter mich besorgt ansah, lachte mein Vater hinter seiner Zeitung und sagte flapsig: „Ich hatte als Kind auch Angst vor Monstern unterm Bett, das ist normal."

„Also meinst du, da war nichts?", fragte ich ihn.

„Keine Sorge." Knisternd faltete er die Zeitung zusammen. „Ich bin doch hier und beschütze euch!"

Seine Worte machten mir Mut, doch der Gesichtsausdruck meiner Mutter war beunruhigend. Sie schaute auf ihr Buch, ohne darin zu lesen. Sie runzelte nachdenklich die Stirn.

„Ist alles gut, Mama?", fragte ich sie.

„Ja, alles super, mein Schatz! Und jetzt lass dich nicht vom Essen ablenken!" Sie zwang sich zu lächeln und schaute zu meinem Vater, der nur die Augen verdrehte.

Nach dem Essen ging ich zurück auf mein Zimmer. Ich hatte fest damit gerechnet, dass Erik noch im Bett sitzen würde oder vielleicht vor Erschöpfung eingeschlafen war. Doch als ich unsere Tür aufdrückte, saß er am Boden und malte etwas mit seinen Wachsmalstiften an die Wand.

Normalerweise waren seine Bilder farbenfroh, zeigten Tiere oder Fantasiegestalten, doch diesmal malte er etwas anderes.

Etwas Furchterregendes.

Nur mit dem schwarzen, dem weißen und dem grauen Wachsmalstift zeichnete er eine gruselige Kreatur an die Wand.

Einen großen Mann in schwarzem Anzug. Erik zeichnete ihn im Türrahmen stehend, das Haupt leicht geneigt. Der Kopf der Gestalt war am schlimmsten. Obwohl Erik noch jung war, konnte er gut Gesichter einfangen. Man konnte stets erkennen, wen er gerade malte. Die Kreatur hingegen hatte kein Gesicht, sondern schien sich Verbände um den Kopf gewickelt zu haben.

Das Antlitz war unter mehreren Lagen weißen Stoffs verborgen, und auch die Hände waren umwickelt.

Obwohl man die Augen hinter den Stoffschichten nur vermuten konnte, ging von diesem Bild eine bedrohliche Aura aus. Man fühlte sich beobachtet.

„Was ist das, Erik?“, fragte ich nervös und trat näher an ihn heran.

„Der Besucher“, antwortete er sofort und fokussierte sich darauf, die schwarze Farbe des Anzuges noch dunkler erscheinen zu lassen.

Ich stellte keine weiteren Fragen und wollte ehrlich gesagt auch nicht mehr über diese Kreatur wissen. Was auch immer in Eriks Kopf vor sich ging, je weniger ich mich damit belastete, desto besser.

In den nächsten Tagen ignorierte ich alles, was mein Bruder über diese sagte. Vermutlich tat ich dies aus Angst.

Anfangs rüttelte er nachts noch am Bett, doch als er merkte, dass ich nicht mehr reagierte, hörte er auf. Er erzählte mir jeden Morgen von den gruseligen Dingen, die er beobachtet hatte.

Geräusche vor dem Haus, aus dem Badezimmer, von der Treppe oder sogar vom Dachboden. Dieses Wesen schien durch unser Haus zu spazieren. Erik behauptete, dass die Kreatur uns nachts immer häufiger aufsuchte. Während sie zu Beginn einfach nur im Türrahmen gestanden und uns beobachtet habe, sei sie vor Kurzem sogar ein paar Schritte auf uns zugekommen. Erik zufolge stand das Geschöpf nur schwer atmend da. Aus Angst hatte mein Bruder sich schlafend gestellt und es nur durch die leicht geöffneten Lider beobachtet. Dieses Wesen war, zumindest laut Erik, deutlich zu erkennen gewesen.

Mein Bruder hatte schreckliche Angst, doch ich sagte ihm immer nur, er solle mich gefälligst mit seinen Geistergeschichten in Ruhe lassen. Schließlich hatte ich nie jemanden in unserem Zimmer gesehen, was aber auch daran liegen konnte, dass ich aus Furcht mit dem Rücken zur Tür schlief.

Eriks Angst indes war groß, jeden Tag erzählte er meinen Eltern von dem „Besucher" in seinem Zimmer. Meine Mutter schien sich um ihn zu sorgen, doch mein Vater tat die Gestalt als „Fantasiefreund" ab und meinte, Erik habe einfach eine lebhafte Vorstellungskraft. Er beruhigte meine Mutter damit, dass ich im gleichen Raum schlafe und keine derartigen Sichtungen beschrieb. Es gebe also keinen Grund zur Sorge.

Mein Vater hatte kein Verständnis für solche Geschichten und wirkte immer genervter, je mehr Erik erzählte und je ängstlicher er wurde. Als mein Bruder eines Morgens wieder davon berichtete, dass er nachts dieses Wesen im Zimmer gesehen habe, brüllte mein Vater ihn an.

Er schrie, Erik solle gefälligst damit aufhören, er sei doch ein großer Junge und seine Geschichten Schwachsinn. Er warf ihm an den Kopf, dass er mich mit seinem Verhalten noch krank mache und ich bald auch mit so was anfangen würde. Genervt schlug er mit der flachen Hand auf den Tisch und sagte, dass er nichts mehr davon hören wolle, das sei sein letztes Wort!

Erik saß vor ihm, und statt in Tränen auszubrechen, sah er einfach nur schockiert aus. Mein Vater war für gewöhnlich ein sehr lieber Mann. Dass er so aus der Haut fuhr und schrie, war ungewöhnlich für ihn. Doch in den letzten Tagen hatte er sich sichtlich verändert. Er war viel im Büro gewesen und sprach kaum noch mit meiner Mutter. Mehr als einmal hatte ich meine Mutter dabei erwischt, wie sie in Gedanken versunken aus dem Fenster starrte, doch sobald sie bemerkte, dass ich sie ansah, zwang sie sich stets zu einem nervösen Grinsen. Wenn ich sie fragte, was los sei, sagte sie nur „Nichts“ oder „Ich denke über Erwachsenenkram nach“. Gerne hätte ich ihre Ausreden geglaubt, doch schon damals wusste ich, dass etwas nicht stimmte.

Ich glaube, diese seltsame Stimmung hielt etwa zwei Wochen lang vor. Genau weiß ich es nicht mehr, doch als Kind fühlte sich der Zeitraum endlos an.

Nach dem Vorfall mit meinem Vater sprach Erik nicht mehr mit unseren Eltern. Er verweigerte jedes Gespräch, und meinem Vater schien das recht zu sein. Ihm war das Schweigen wohl lieber, doch ob das eine gute Erziehung war, würde ich aus heutiger Sicht bezweifeln. Selbst bei mir hielt sich Erik mit seinen Aussagen zurück. Manchmal starrte er nur vor sich hin, während er auf dem Bett saß oder zu seiner Zeichnung des Besuchers an der Wand stierte.

Erst am Tag bevor es passierte, sprach er noch einmal mit mir über dieses Wesen.

Er saß auf dem Boden und starrte minutenlang die Wand an, während ich im Bett ein Spiel auf meiner Handheld-Konsole spielte. Schon länger hatte ich ihn nicht mehr gefragt, was ihm durch den Kopf ging.

Während ich in mein Spiel vertieft war, sagte Erik unvermittelt:

„Er war wieder hier.“

Ich blickte umgehend zu ihm, antwortete jedoch nicht. Schließlich wusste ich, von wem er sprach.

„Ich sah, wie er unser Zimmer betrat.“ Erik schluckte. „Er kam langsam immer näher auf mich zu und atmete schwer. Dann blieb er plötzlich stehen.“

Ich speicherte mein Spiel und schaltete die Konsole aus. Auch wenn ich mich nicht von ihm anstecken lassen wollte, war er trotzdem mein Bruder und hatte es verdient, dass ich ihm zuhörte, obwohl ich ihm nicht glaubte.

„Und was hat er getan?", fragte ich leicht skeptisch.

Erik hob die Hand und zeigte auf seine Zeichnung.

„Er hat das Bild angesehen. Er sah es an und lief dann aus dem Zimmer. Er weiß, dass ich ihn bemerkt habe."

Ich bekam eine Gänsehaut. Vor Schreck brachte ich kein Wort hervor.

„Ich habe Angst." Zum ersten Mal regte sich Eriks versteinerte Miene, und Tränen liefen ihm die Wangen hinunter.

Für einen Moment sah ich ihn nur an, ich hatte keine Ahnung, was ich antworten sollte. Einerseits hatte ich Mitleid mit ihm, andererseits wollte ich seine Ängste nicht schüren und dafür sorgen, dass unser Vater auch auf mich wütend wurde. Daher sagte ich nichts. Während Erik anfing, bitterlich zu weinen, schaltete ich nur meine Konsole wieder an und spielte weiter. Bis heute schäme ich mich dafür.

Denn nach diesem Gespräch kam es zur schlimmsten Nacht meines Lebens.

Nachdem mein kleiner Bruder mich eine Zeit lang schlafen ließ und seine Ängste still ertrug, rüttelte er eines Nachts wieder am Bett, stärker als je zuvor. Ich spürte, dass er eine unfassbare Angst ausstehen musste. Doch ich wollte nicht reagieren, wollte nicht, dass er mich, wie mein Vater gesagt hatte, auch noch krank machte und mit seinen Halluzinationen ansteckte. Ich schloss fest die Augen und wartete geduldig darauf, dass das Rütteln aufhörte.

Doch es dauerte länger als sonst und steigerte sich in der Intensität. Ich hatte den Eindruck, als wälze Erik sich mit aller Kraft hin und her. Teilweise stieß er sogar mit geschlossenem Mund Summlaute aus, um mich zu wecken. Ich blieb jedoch standhaft. Dann ging plötzlich ein starker Ruck durchs Bett, und das Gerüttel hörte abrupt auf.

Eigentlich hätte ich weiterschlafen können, schließlich hatte ich nur darauf gehofft, das er seinen Versuch, mich zu wecken, aufgeben würde. Doch nachdem das Gerüttel aufhörte, vernahm ich plötzlich Schritte, die sich vom Bett entfernten.

Kurz fragte ich mich, ob Erik aus dem Bett geklettert war, aber ich hatte nicht mitbekommen, dass er die Leiter benutzt hatte.

Aus purer Neugierde drehte ich meinen Oberkörper und Kopf zur Tür und öffnete vorsichtig die Augen.

Eigentlich hatte ich erwartet, Erik zum Fenster gehen zu sehen, aus dem er so oft hinausschaute, doch ich erblickte etwas gänzlich anderes.

Meine Augen waren nicht an die Dunkelheit gewöhnt, trotzdem sah ich, wie eine schemenhafte, große Gestalt zur Tür schritt. Auf der Schwelle drehte sie sich plötzlich um, und ich schloss die Augen und gab vor, weiterhin tief und fest zu schlafen.

Ein paar Minuten lag ich still da, in der Hoffnung, dass dieses Wesen, was auch immer es sein mochte, verschwunden war. In meinem Kopf spielte ich ein schreckliches Szenario nach dem anderen durch. Ich stellte mir vor, dass es an der Tür wartete, weil es bemerkt hatte, dass ich wach war und es gesehen hatte. Ich malte mir aus, wie es langsam auf mich zuschlich und mir etwas antun wollte. Während ich mich schlafend stellte, raste mein Herz, und mein Atem ging immer schneller. Meine Panik wurde von Sekunde zu Sekunde größer, und verzweifelt begann ich, am Bett zu rütteln, um Kontakt zu Erik aufzunehmen.

Der Wunsch, in dieser Situation nicht allein zu sein, trieb mich dazu, das Bettgestell in Schwingung zu versetzen. Doch mein Bruder reagierte nicht. Weder sprach er mit mir, noch hörte ich, wie er sich über mir bewegte. Sobald ich aufhörte zu rütteln, blieb das Bett still.

Wie nach einem schrecklichen Albtraum ließ ich die Augen geschlossen und wartete darauf, dass das alles vorüberging. Und trotz meiner Angst siegte die Müdigkeit irgendwann.

Obwohl ich in jener Nacht die größte Panik meines Lebens gehabt hatte, begann der schlimmste Albtraum erst mit dem Erwachen.

Als ich wieder bei Sinnen war, riss ich schlagartig die Augen auf und schaute zur Tür. Niemand war dort, kein Monster lauerte auf der Schwelle darauf, mich zu schnappen. Ich war in Sicherheit.

Erleichtert sprang ich aus dem Bett und wollte Erik sagen, dass ich ihm nun alles glaubte, dass auch ich den Besucher mit eigenen Augen gesehen hatte, doch als ich mich umdrehte und zu ihm hochschaute, war sein Bett leer.

Die Decke war zerwühlt, das Kissen hing halb aus dem Bettgestell heraus, doch mein Bruder war fort. Ich vermutete, dass er schon aufgestanden war und unten am Esstisch auf mich wartete, aber als ich glücklich hinunterstürmte, war außer meinen Eltern niemand zugegen.

Ich fragte sie, ob sie ihn gesehen hätten, und als beide das verneinten, erzählte ich ihnen, dass er nicht in seinem Bett lag. Mein Vater ging hoch, um nachzusehen, wo sich Erik herumtrieb. Doch nach zehn Minuten, in denen ich hörte, wie er immer wieder seinen Namen rief und Türen öffnete und schloss, begriffen wir alle, dass hier etwas ganz und gar nicht stimmte.

Meine Mutter kontaktierte umgehend die Behörden, und binnen weniger Minuten waren Polizisten bei uns. Alles ging so verdammt schnell, und eine Suche wurde eingeleitet.

Aufgrund des Wutanfalls meines Vaters vermuteten die Polizisten, dass Erik weggelaufen sein könnte. Daher wurde der nahe gelegene Wald mit Spürhunden durchforstet. Streifenwagen fuhren die Straßen ab, und sogar Taucher machten sich auf den Weg, um den örtlichen Fluss zu durchkämmen.

Die Suche nach Erik hatte höchste Priorität.

Als die Polizisten für einen Moment das Haus verließen, fragte mein Vater mich, ob ich wüsste, was mit meinem Bruder passiert sei. Er machte sich Sorgen, aber er blieb meiner Mutter zuliebe nach außen hin gefasst.

Ich erklärte ihm, was geschehen war. Sagte, dass auch ich etwas in der Nacht gesehen hatte. Mein Vater fragte, ob es ein Einbrecher gewesen sei, und ich beschrieb ihm die

Kreatur, die Erik an die Wand gemalt hatte. Ich schilderte ihm den Besucher genau, ein schreckliches Monster ohne Gesicht, doch während ich dies tat, erkannte ich, wie mein Vater plötzlich wütend wurde.

„Ich schwöre dir, jetzt ist nicht die Zeit für so einen Blödsinn! Das ist ernst, verdammt noch mal!", schrie er mich an, woraufhin ich zusammenzuckte.

„Aber es stimmt!", protestierte ich.

„Ich will keine Geistergeschichten mehr hören!", fuhr mein Vater fort. „Behindere nicht die Suche, das hier ist kein Spaß. Dein Bruder wird wirklich vermisst! Und jetzt geh auf dein Zimmer und warte dort, bis wir dich rufen."

Er atmete tief durch und wies mit der Hand die Treppe hinauf.

Mit Tränen in den Augen stürmte ich nach oben und schlug die Tür hinter mir zu. In diesem Moment war ich mir sicher, dass weder meine Eltern noch die Polizisten oder sonst irgendein Erwachsener mir glauben würden. Ich hatte Angst um Erik, befürchtete, dass er nie gefunden werden würde, und ich hatte Panik davor, dass der Besucher zurückkehren könnte, um mich zu holen. Es ergab alles Sinn für mich. Erik hatte über die ganze Zeit recht gehabt. Diese Kreatur war echt und hatte sich Nacht für Nacht in unser Haus geschlichen. Daran bestand absolut kein Zweifel.

Erik verschwand, nachdem das Monster seine Zeichnung an der Wand entdeckt hatte, als es wusste, dass mein Bruder seine Existenz nicht nur bemerkt, sondern auch anderen davon erzählt hatte.

Was auch immer der Besucher für ein Wesen war, es wollte unentdeckt bleiben, und wenn es erführe, dass auch ich von seiner Existenz wusste, dann wäre ich vielleicht der Nächste.

Mit verheulten Augen blickte ich damals auf die Zeichnung an der Wand. Meine einzige Hoffnung war, sie verschwinden zu lassen, damit der Besucher mich eventuell verschonen würde.

Umgehend räumte ich die Spielsachen aus unserem Holzschrank und schob ihn mühselig aus der Ecke des Raums vor die Zeichnung. Dabei zerkratzte ich teilweise unsere Bodendielen.

Falls meine Theorie stimmte, dann wäre dies meine Rettung, und ich würde nicht so enden wie Erik.

Es war feige, das weiß ich. Mir ist bewusst, dass ich damals der Polizei hätte sagen sollen, was ich wusste. Seit jenem Tag mache ich mir Vorwürfe, gebe mir die Schuld für sein Verschwinden. Als großer Bruder hätte ich auf ihn aufpassen, ihm zuhören und glauben müssen. Ihn retten müssen! Doch das tat ich nicht. Ich war ein Kind, fürchtete mich entsprechend und hoffte, dass die Erwachsenen das Problem lösen würden.

Doch das konnten sie nicht.

Die Suche wurde nach vier Wochen eingestellt. Vier lange Wochen, in denen ich jeden Tag auf die Nachricht hoffte, dass Erik wieder da sei. Doch mein kleiner Bruder kam nie mehr zurück. Mehrfach hatte die Polizei mich befragt, aber ich sagte nur aus, dass ich nicht wisse, was passiert sei. Die Details zum Besucher behielt ich für mich, obwohl ich von Zeit zu Zeit zu hören glaubte, wie er unter dem Fenster stand oder sich durch unser Haus bewegte. Doch er ließ mich in Ruhe, meine Idee mit dem Schrank schien zu funktionieren. Wenn man ihn ignorierte, dann tat er einem auch nichts! Jedenfalls hoffte ich das! Die Beamten verdächtigten sogar meine Eltern, etwas mit dem Verschwinden zu tun zu haben, einfach weil die Täter häufig in der Familie zu finden sind, doch letztlich fanden sie keine Beweise für ihre Theorie. Außer zu Befragungen mussten meine Eltern nie lange auf die Wache.

Am Ende vermuteten alle, dass Erik wirklich abgehauen war und man ihn lediglich nicht finden konnte. Die Zeitungen schrieben, dass er im Fall seines Todes entweder vom Fluss ins Meer getrieben sei oder dass wilde Tiere seine Leiche in ihren Unterschlupf verschleppt hätten. Details, die keiner aus meiner Familie so hören wollte.

Seit diesem Tag war nichts mehr wie zuvor. Wir brauchten lange, um als Familie wieder zusammenzufinden, um Normalität in den Alltag zu bringen. Und so richtig klappte das auch nie.

Bis heute schwebt Eriks Verschwinden über allem, und wir konnten uns nie davon befreien. Deswegen schmerzt es mich so sehr, hier zu sein.

Weil er fort ist.

Ich saß da und schaute mich im Zimmer um, während all die Erinnerungen wie eine Lawine über mich hereinbrachen. Als mir alles zu viel wurde, griff ich mir eine der Kisten mit Weihnachtsdekoration, die meine Mutter der Einfachheit halber hier abgestellt hatte, und machte mich daran, sie auf den Dachboden zu bringen.

Unser Speicher war nie ausgebaut worden. Als Kinder hatten wir uns stets davor gefürchtet, diesen dunklen Raum aufzusuchen, den nicht einmal unsere Eltern betreten wollten.

Meist drängte meine Mutter meinen Vater dazu, die Dekoration zu holen oder die Koffer dort oben zu verstauen, weil sie sich selbst auch ein wenig vor dem Speicher fürchtete. Mein Vater, der sich stets mutig und selbstbewusst gab, tat ihr den Gefallen, doch auch er ging nie wirklich weit hinein. Meist warf er die Kisten und das Gepäck regelrecht ins Innere und kam schnell wieder herunter.

Während ich die ausziehbare Treppe herabließ und mich mit der Kiste bepackt auf den Weg hinauf in die Dunkelheit begab, suchte ich vergeblich irgendwo nach einem Lichtschalter.

Dieser Raum war so dunkel, wie er es nur sein konnte. Es gab ein völlig verdrecktes Fenster, durch das kaum Licht einfiel, karge Wände, an denen das Dämmmaterial durch silberne Folie notdürftig an Ort und Stelle gehalten wurde, sowie eine dicke Staubschicht am Boden.

Die Kiste hatte ich unter den Arm geklemmt, während ich mein Handy aus der Hosentasche kramte und die

Taschenlampenfunktion aktivierte. Als das Licht anging, leuchtete ich den Boden vor mir ab, um nach einer geeigneten Stelle für die Kiste zu suchen, und während ich mich so umsah, erblickte ich es.

Direkt hinter einem Karton mit alten Fotoalben lag ein rotes Buch. Im ersten Moment dachte ich, eines der Alben sei herausgefallen, doch dieses Buch sah anders aus. Normalerweise gestaltete meine Mutter alle Fotoalben gleich. Auf der Vorderseite war ein großes Familienfoto, darüber standen das Jahr und die Anlässe, die im Album abgebildet waren.

Doch bei diesem Buch fehlte das. Es hatte einfach nur einen schlichten roten Einband. Kein Foto, kein Text, nicht einmal ein Titel war zu erkennen. Vorsichtig setzte ich die Kiste ab und schob sie etwas in die Dunkelheit, bevor ich mich dem Buch widmete.

Es war offenbar sehr alt. Der Buchschnitt war sichtlich vergilbt, der Einband in die Jahre gekommen. Was mich allerdings verwunderte, war, dass im Gegensatz zu den meisten Kisten hier oben keine Staubschicht das Buch bedeckte. Es wirkte, als wäre es vom Staub unberührt oder gereinigt worden.

Ich kehrte mit dem Buch in mein altes Zimmer zurück, setzte mich aufs Bett und begann, die ersten Seiten durchzublättern.

Ich rechnete damit, dass es ein altes Lexikon war oder irgendein Sachbuch, dessen Titel nicht auf dem Einband stand, doch bereits die erste Seite war handschriftlich verfasst.

Neugierig entzifferte ich die schön geschriebenen Worte und wusste sofort, was ich hier in den Händen hielt: ein Tagebuch.

„Heute hab ich sie wieder gesehen, und sie sah so schön aus! Sie hatte dieses blaue Kleid an, und ihre Haare waren gelockt. Manchmal wenn ich sie sehe, vergesse ich alles um mich herum.“

Grinsend las ich den nächsten Eintrag.

„Wir waren heute auf einem Date! Wir saßen im Kino und sahen diesen doofen Film. Ich hab mich nicht getraut, sie anzusprechen, aber ich saß ganz in ihrer Nähe!"

Auf den ersten beiden Seiten standen kitschige Texteinträge eines eindeutig verliebten Mannes. Das schnell in die Ecke geschriebene Datum zeigte mir, dass die Worte vor langer Zeit verfasst worden waren. Die ersten Einträge im Jahr 1987, knapp sechs Jahre vor meiner Geburt.

Zunächst dachte ich, dass dieses Buch von dem Vorbesitzer unseres Hauses stammte, erkannte jedoch schnell, wer der Autor dieser kitschigen Seiten war.

„Kati ist so wundervoll, bei jedem Wort aus ihrem Mund und jedem Blick in meine Richtung geht mir das Herz auf. Ich glaube, ich liebe sie."

Als ich mit blauer Tinte den Namen meiner Mutter geschrieben sah, wusste ich, wessen Buch das sein musste. Mein Vater hatte diese Gedanken niedergeschrieben. Ich wusste, dass er schon zu Schulzeiten für meine Mutter geschwärmt hatte, während sie zunächst nicht sonderlich interessiert war. Doch er ließ nicht locker, obwohl es viel Konkurrenz gab. Und schließlich, soweit ich weiß, willigte sie irgendwann ein, mit ihm an einem Wochenende zu einem Konzert zu fahren, und dabei verliebte sie sich endlich auch! Oder gab zumindest nach.

Es war süß, diese Einblicke in die Gefühlswelt meines Vaters zu gewinnen, auch wenn die Formulierungen ziemlich peinlich waren. „Augenstern, Mäuschen, Schatzi." Die ganzen Kosenamen konnten einem durchaus den Magen umdrehen, zumal mein Vater sich meistens als ziemlich harten Mann gab, doch man weiß nie, was wirklich in Menschen vor sich geht. Besonders, wenn sie Hals über Kopf verliebt sind.

Ich blätterte einige Seiten durch und überflog die Absätze, immer in der Angst, etwas Unangenehmes zu lesen, das ich danach nicht mehr vergessen könnte. Es war eine nette Ablenkung von den Gedanken, die mich normalerweise an diesem Ort heimsuchten.

Neugierig las ich kleine Liebesgedichte an meine Mutter, erfuhr von gemeinsamen Treffen oder auch einem Konkurrenten, den mein Vater absolut nicht leiden konnte.

Dieser Konkurrent schien sich häufiger mit meiner Mutter zu treffen, und jedes Mal, wenn mein Vater sah, wie der Kerl sie zum Lachen brachte oder sie ihn am Arm berührte, kochte er vor Wut. Das klang schon eher nach Papa.

Seine wutentbrannten Einträge waren sogar manchmal ziemlich hart. Er schrieb, dass er ihn am liebsten verprügeln oder aus dem Weg räumen würde. Fantasien, denen mein Vater hoffentlich nie nachgekommen ist.

Ich übersprang ein paar Seiten im Buch und sah, dass die Texte nicht auf 1987 beschränkt waren. Auch in den folgenden Jahren hatte er Tagebuch geführt. Zwar nur fünf oder sechs Einträge pro Jahr, doch sie reichten insgesamt bis in die Zeit nach meiner Geburt.

Ich schlug zufällig eine Seite aus dem Jahr 2001 auf und begann zu lesen, worüber mein Vater damals im Geheimen schrieb. Mit meiner Mutter war er längst zusammen gewesen, ihr musste er also nicht mehr den Hof machen.

„Es tut jedes Mal so weh, wenn ich sie sehe. Dieses angeblich perfekte Familienglück. Ich hasse die Kinder, sie erinnern mich an all meine Fehler und mein Versagen. Sie kotzen mich an."

Die zuvor so süß geschriebenen Einträge hatten sich drastisch verändert. Hatte mein Vater anfangs verliebt gewirkt und sich auch mit seiner Handschrift Mühe gegeben, war davon nichts mehr zu erkennen. Die Texte waren verbittert und voller Hass, die Schrift wirkte hektisch, und immer wieder missachtete er die Orientierungslinien auf dem Papier und schmierte seine Worte quer über die Seite.

„Immer wenn ich sie sehe, kommt in mir diese Wut hoch. Wenn ich sie beim Spielen im Garten beobachte und ihr ohrenbetäubendes Lachen höre. Sie wissen nicht, was sie mir mit ihrer bloßen Existenz angetan haben. Ich hasse diese kleinen Bastarde."

Schockiert und mit geweiteten Augen las ich die Worte, die mein Vater eindeutig über meinen Bruder und mich geschrieben hatte. Einträge, die von purem Hass zeugten. Ehrlich gesagt, wusste ich nicht, was ich davon halten, wie ich damit umgehen sollte. Natürlich neigte mein Vater ab und zu zu Wutausbrüchen, doch nie hatte ich das Gefühl gehabt, dass er uns nicht lieben würde. Er war stets für uns da gewesen. Ungläubig las ich den nächsten Eintrag.

„Ich war heute Nacht bei ihnen. Vorsichtig sah ich um die Ecke ins Zimmer. Sie schliefen ruhig, aber irgendwie war es seltsam. Es ist so komisch, ihr Bett hat wie verrückt gewackelt, sie müssen geistig gestört sein! Ich hab nur Angst, dass sie wach werden und mich sehen. Ich sollte vorsichtig sein."

Es war, als wäre mir das Herz stehen geblieben. Ein Blick auf das Datum, das ich zuvor ignoriert hatte, verriet eindeutig, wann diese Worte geschrieben wurden. Es war die Zeit kurz vor Eriks Verschwinden.

Wieso hatte mein Vater das wackelnde Bett gesehen? Erik wälzte sich nur hin und her, wenn er Angst vor dem Besucher bekam. Wieso war mein Vater dort, um das zu beobachten?

Ein böser Verdacht machte sich in mir breit, während meine zuvor verdrängten Gedanken auf einen Schlag zurückkehrten.

Mein Herz raste wie verrückt, als ich wieder die Gestalt vor mir sah, auf die ich damals kurz einen Blick erhaschen konnte. Ich dachte an die Zeichnung hinter dem Schrank, die wie ein böses Omen über mir schwebte, und bildete mir ein, die gruseligen Geräusche aus dem Haus zu hören, von denen Erik mir damals erzählt hatte.

Ich befürchtete, dass ich den Antworten, nach denen ich mich all die Jahre gesehnt hatte, ganz nah war und dass sie mir vielleicht nicht gefallen würden.

Als ich die Seite umblätterte, erkannte ich, dass die Schrift noch unsauberer geworden war. Es fiel mir zunehmend schwerer, die Worte zu entziffern, die dort geschrieben standen. Doch das Datum zeigte mir zweifelsfrei, dass wir uns dem schlimmsten Tag meines Lebens näherten.

„Scheiße! SCHEIßE! Ich glaube, er hat mich gesehen. Seine Augen waren vielleicht offen! Oder schläft er so? So schläft doch keiner! Ich wünschte, ich hätte eine richtige Maske gehabt, durch die verdammten Bandage kann ich kaum etwas erkennen. Hauptsache, der kleine Bastard hält sein Maul, ich lass mir das nicht kaputt machen! Wieso verspüre ich diese Anspannung, Nervosität und Aufregung, wenn ich bei ihnen stehe? Ich glaube, ich mag das Gefühl."

Er war es. All die Jahre hatte ich Albträume. All die Jahre holten mich die Gedanken und Erinnerungen an dieses Biest ein, dabei war es ständig in meiner Nähe gewesen.

Die Zeit schien stillzustehen, während ich mit den Tränen kämpfte. Ich wusste nun, dass mein Vater der Besucher war. Es ergab plötzlich alles Sinn. Deshalb wollte er nicht, dass Erik und ich über den Besucher sprachen. Deswegen wurde er so unfassbar wütend und verbot mir sogar, der Polizei von der Gestalt zu berichten. Er hatte Angst, dass sein perverses Geheimnis aufgedeckt werden könnte.

Es widerte mich zutiefst an zu wissen, dass ich ihm auch noch genau in die Karten gespielt hatte und jahrelang das Bild der glücklichen Familie aufrechterhielt. Ohne zu ahnen, dass ich ihm sein friedliches Leben überhaupt erst ermöglichte.

Alles in mir sträubte sich dagegen weiterzulesen, doch ich stand im Begriff zu erfahren, was damals passiert war.

Der nächste Eintrag war kurz vor Eriks Verschwinden geschrieben worden.

„Er hat mich gesehen. ICH FASS ES NICHT! Er hätte einfach sein Maul halten können, aber nein, er hat mich gemalt! ICH BIN AN DER WAND! Wenn das so weitergeht, dann kommt alles raus, ich möchte das hier nicht verlieren! Ich brauch das, sonst dreh ich durch!“

Dieser Eintrag war verwischt und offensichtlich wutentbrannt verfasst worden. Er musste von der Nacht handeln, als mein Bruder mir erzählte, dass der Besucher sein Bild an der Wand gesehen hatte. Ich wusste, dass dieses Bild der Grund für Eriks Entführung war. Vermutlich hätte es einen von uns früher oder später sowieso erwischt.

Ich blätterte die Seite um und erwartete, dass die folgende Passage um die Nacht von Eriks Verschwinden kreiste. Doch der nächste Eintrag erzählte von Ereignissen, die sich einige Wochen später zutrugen. Das war allerdings kein Grund zur Beruhigung.

„Sie haben aufgehört zu suchen. Die Polizei ist weg, und ich kann endlich aufatmen! So lange musste ich mich verstellen, bekam immer Panik, wenn ich ein Polizeiauto am Fenster vorbeifahren sah. Doch sie geben Ruhe, sie werden ihn nicht finden. Die ganze Zeit hatte ich Angst, dass sie den Garten auf den Kopf stellen. Der kleine Bastard wird mir nicht mehr in die Quere kommen, und der andere scheint brav sein Maul zu halten.

So gern ich meinen übrigen Sohn im selben Loch verscharren und verrotten lassen würde – das wäre zu auffällig! Ich muss mich bedeckt halten, aber ich gebe nicht auf! Eines Tages, auch wenn es noch Jahre dauert, wird es so weit sein. Ich spüre es!“

Ich stand auf und sah aus dem Fenster in den Garten. Irgendwo da draußen musste Erik liegen. Zu wissen, dass er wirklich tot war, machte mir schwer zu schaffen. Es war wahrscheinlich gewesen, keiner zweifelte daran, trotzdem hatte ich tief in mir stets die Hoffnung gehegt, er würde noch leben und zurückkommen. Doch auch wenn das nicht der Fall gewesen wäre, hätte ich wenigstens seine Leiche finden und der ganzen Sache ein Ende bereiten können.

Unser Garten war mehrfach von Polizisten abgesucht worden, ich hatte keine Ahnung, wo Erik genau liegen könnte. Auf gut Glück alles umzugraben würde viel zu lange dauern und wäre wenig erfolgversprechend. Ungeduldig musterte ich den Garten und spekulierte, wo die Polizei nie gegraben hatte, und während ich in Gedanken versunken war, ließ mich plötzlich ein Geräusch zusammenschrecken.

Ich hörte, wie die Haustür aufgeschlossen wurde und jemand schnellen Schrittes durch die Wohnung eilte.

Sofort ging ich zur Treppe und spähte hinab, nur um zu sehen, dass meine Mutter wie verrückt im Sekretär einige Akten durchwühlte.

„Mama! Was machst du schon hier?“, fragte ich neugierig, während ich mit dem Buch in der Hand die Treppe hinunterlief.

„Ich suche die Unterlagen der Krankenkasse fürs Krankenhaus, es gibt ein Problem mit der Karte deines Vaters“, antwortete sie hektisch und blätterte diverse Papierstapel durch.

„Ich hab hier etwas, das musst du dir ansehen“, sagte ich und zögerte kurz. „Vielleicht setzt du dich am besten erst mal hin.“ Ich versuchte, die Sache möglichst sanft anzugehen. Hätte ich einfach nur gerufen „Ich weiß, wo Erik liegt, und Papa ist der Mörder“, hätte meine Mutter vermutlich noch einen Herzinfarkt bekommen. Ich musste ihr die Nachricht schonend beibringen, doch meine Mutter hatte kein Interesse daran, mir zuzuhören.

„Schatz, ich hab gerade wirklich keine Zeit dafür!“, schnauzte sie mich an, ohne den Blick vom Sekretär abzuwenden.

Ich fühlte mich wie ein Kind, das seiner Mutter ein selbst gemaltes Bild zeigen wollte. Doch hier ging es um mehr, das hier war bedeutender!

„Ich habe Papas Tagebuch gefunden! Du musst lesen, was da drin steht!“, rief ich, schlug eine der ersten Seiten auf und streckte sie ihr entgegen. Sie musste diese Situation ernst nehmen!

Mit einem tiefen Schnauben blickte sie kurz von den Dokumenten auf und sah zum Buch. Ich wusste nicht, welche Seite ich aufgeschlagen hatte, doch das war egal, ich wollte ihr jetzt alles erklären.

„Mama, hier steht drin, dass …“, setzte ich an, doch sie unterbrach mich umgehend.

„Das ist nicht die Handschrift meines Mannes“, sagte sie und kramte einen Ordner heraus, auf dem der Name meines Vaters und seine Krankenkasse stand.

„Wie bitte?“, brachte ich entgeistert hervor.

„Dein Vater schreibt ganz anders, in Schreibschrift und viel schöner“, sagte sie, während sie den Inhalt des Ordners prüfte. Sie zog einen Zettel aus dem Sekretär, auf dem einige Termine standen, und gab ihn mir. „Das hat dein Vater geschrieben! Ich weiß nicht, wessen Buch du hast, ich muss aber los, wir sehen uns später!“ Sie gab mir einen Kuss auf die Wange, verließ das Haus und ließ die hölzerne Eingangstür mit einem lauten Knall ins Schloss fallen.

Das hat dein Vater geschrieben! Wie vom Blitz getroffen stand ich da und blickte auf das Papier, das Mama mir gegeben hatte. Und tatsächlich, die Handschriften unterschieden sich drastisch.

Während mein Vater in schöner Schreibschrift schrieb, die ich sonst nur von ehemaligen Klassenkameradinnen kannte, war das Tagebuch durchgehend in Druckschrift verfasst worden.

Egal, welche Seite ich aufschlug, diese Texte mussten von einer anderen Person geschrieben worden sein.

Diese Erkenntnis traf mich, und ich wusste nicht mehr, was ich denken sollte. Wenn mein Vater, den ich innerlich bereits verurteilt hatte, nicht für das alles verantwortlich war, wer war dann nachts in unser Haus gekommen? Und wer hatte Erik ermordet?

Wie verrückt blätterte ich das Buch durch. Ich suchte nach einem Namen, einem bestimmten Indiz, das mir verriet, wer der Verfasser war. Doch je weiter ich blätterte, desto unverständlicher wurden die Einträge.

Ich konnte die meisten Sätze nicht mehr entziffern, und im Laufe der Jahre gab es immer weniger Einträge, bis ich schließlich bei der letzten beschriebenen Seite anlangte.

Der völlig verschmierte Absatz war schwer lesbar, dennoch gelang es mir.

„Bremsschläuche durch! Unfall geglückt! Doch wir sind nicht alleine. Ihr Sohn ist hier."

Dieser Eintrag, auch wenn er kein Datum aufwies, musste erst kürzlich geschrieben worden sein. Quasi kurz bevor ich das Tagebuch gefunden hatte.

Von Wut gepackt, ließ ich das Buch auf dem Sekretär liegen, stürmte ins obere Stockwerk hinauf und riss die Treppe zum Dachboden herunter, sodass sie mit lautem Knall auf dem Boden aufschlug.

Mir war alles egal, meine eigene Sicherheit interessierte mich nicht. Wer immer Erik das angetan hatte, war auch für den Unfall meines Vaters verantwortlich. Wer auch immer dieser Perverse war, er war dort oben gewesen.

Ich schaltete die Taschenlampenfunktion meines Smartphones ein und war bereit, der Person, die sich dort versteckt hielt, ein für alle Mal den Garaus zu machen.

Ich betrat den Dachboden und rief laut in die Dunkelheit: „KOMM RAUS! WO BIST DU?"

Ich malte mir aus, dass gleich jemand auf mich zuspringen oder mir ein Messer in den Rücken rammen würde. Doch nach meinem Schrei blieb der gespenstisch still.

Mit schnellen Bewegungen leuchtete ich den Dachboden ab. Die Angst vor diesem Wesen, die ich den ganzen Tag verspürt hatte, war purem Hass gewichen. Doch statt des Monsters von damals sah ich nur verschmierte Staubschichten am Boden und Fußabdrücke, die darauf hindeuteten, dass jemand hier gewesen war.

Die Spuren führten zu dem dreckigen Fenster am Ende des Raumes. Wer auch immer hier oben war, kam höchstwahrscheinlich durch dieses Fenster herein und hinaus.

Ich drückte gegen den Rahmen und fühlte mich gleich bestätigt: Das Fenster war nicht verschlossen, sondern lediglich angelehnt. So konnte man es jederzeit öffnen.

Ich blickte hinaus und schaute auf den noch immer kahlen Apfelbaum im Garten, dessen Äste als perfekte Leiter dienten, um zum Dachboden zu gelangen.

Nun verstand ich, was wir damals immer gehört hatten. Das Husten draußen, die knackenden Äste, das Knarzen aus dem Dachboden. Wir hatten es nicht mit einem übernatürlichen Monster zu tun gehabt, das nachts in der Dunkelheit auf uns wartete.

Was wir mitbekommen hatten, waren die erfolgreichen Versuche eines Perversen, in unser Haus und in die Nähe unserer Mutter zu gelangen.

Während ich hinausschaute, überblickte ich einen großen Garten mit vielen Blumenbeeten. Doch das war nicht unser Garten! Von hier oben konnte ich problemlos über die Hecke blicken, die unseren Garten vom Nachbargrundstück abtrennte. Und in diesem Moment beschlich mich der dunkle Verdacht, wer hinter alldem stecken könnte.

Um meine These zu bestätigen, verließ ich den Dachboden und kehrte in mein altes Kinderzimmer zurück.

Dort angekommen, schob ich vorsichtig den Holzschrank von der Wand und betrachtete das Bild, das mich nun schon seit Jahrzehnten in meinen Albträumen verfolgte.

Ich blickte auf das von Erik gemalte und mittlerweile leicht verblasste Bild des Besuchers.

Das Bild, das für Eriks Verschwinden verantwortlich war, sollte auch endgültig seinen Täter überführen, zumindest wenn meine Theorie stimmte.

Mit zittrigem Atem blickte ich die Gestalt an und konnte ein Grinsen nicht unterdrücken. Wie erwähnt, konnte Erik für sein Alter wirklich gut zeichnen. Gesichter und andere

Motive fing er sehr detailgetreu ein. Und diese Detailverliebtheit bestätigte meine Vermutung.

Denn als ich meinen Blick von der bandagierten Visage nahm und die Hände beäugte, war die Sache klar.

Erik hatte wahrscheinlich nicht einmal darüber nachgedacht, was er da zeichnete, doch während er das Bild in seinem Kopf reproduzierte, stellte er die Hände dieser Gestalt unterschiedlich dar.

Die eine schwarze Hand sah normal aus, an der anderen jedoch fehlte ein Finger. Und nicht irgendeiner – es war der Finger, den unser Nachbar vor vielen Jahrzehnten bei einem Unfall eingebüßt hatte.

Erik hatte die Lösung des Rätsels schon damals gefunden, doch vor lauter Angst hatte ich dieses Detail übersehen.

Umgehend alarmierte ich die Polizei und berichtete noch am Telefon alles, was ich wusste. Trotz meiner Wut behielt ich mich unter Kontrolle. Am liebsten wäre ich zu unserem Nachbarn gegangen, hätte die Tür eingetreten und sein mickriges Leben beendet. Doch das tat ich nicht.

Die Polizei kam schnell vorbei, nahm ihn fest, und obwohl er verzweifelt versuchte, sich rauszureden, leistete er keinen Widerstand. Ein Beamter sagte mir später, mein Nachbar habe irgendwann unter Tränen geschrien, er wolle mit Kati sprechen. Ein Wunsch, der ihm verständlicherweise nicht gewährt wurde. Daraufhin kamen die Beamten und konfiszierten das Buch, sicherten Beweise auf dem Dachboden und begannen damit, den ganzen Nachbargarten umzugraben.

Als meine Mutter nach Hause kam und ich ihr alles erklärte, brach sie in Tränen aus. Sie erzählte mir und später auch der Polizei, dass sie früher in der Parallelklasse unseres Nachbarn gewesen war. Damals hatte sie zwei Dates mit ihm gehabt, aber danach den Kontakt abgebrochen.

Sie hatte schon damals vermutet, er habe diese Abfuhr nicht gut verkraftet. Als er später ins Haus nebenan zog, war ihr dabei zwar unwohl zumute, doch sie verdrängte dieses

Gefühl, da er ihr nie etwas getan hatte. Dass er sie stalkte, wusste sie nicht.

Im Laufe der Tage kamen schließlich alle nötigen Beweise ans Licht. Die Polizei untersuchte das Auto und stellte tatsächlich fest, dass der Bremsschlauch durchtrennt worden war. Das erklärte, warum mein Vater am besagten Tag auf die Kreuzung fuhr, statt zu bremsen.

Unser Nachbar, Herr Feldner, kannte sich durch seinen Beruf bestens mit Autos aus und wusste genau, wie er unseren Wagen schnell manipulieren konnte. Nachdem die Polizei in seinem Rosengarten eine Plastiktüte mit Knochen ausgrub, war die Sache klar gewesen.

Es tat unfassbar weh zu wissen, dass Erik die ganzen Jahre in der Nähe gewesen war und wir ihn trotzdem nicht finden konnten. Doch das Gefühl, ihn endlich gerächt zu haben, gab mir Zuversicht.

Erst nach seinem Fund sprach ich mit meiner Mutter darüber, was damals passiert war, und sie beichtete mir, dass auch sie seltsame Geräusche im Haus gehört hatte, die mein Vater allerdings als Blödsinn einstufte. Er wollte nicht, dass sie über dieses Thema redete, das er als Geistergeschichte abtat. Daher hatte sie damals dazu geschwiegen.

Wir sprachen eine ganze Weile über alles Mögliche. Und zum ersten Mal, trotz allem, was passiert war, hatten wir das Gefühl, als wäre die ewige Last auf unseren Schultern endlich ein wenig leichter geworden.

Mein Vater liegt noch immer im Koma. Wenn er aufwacht, haben wir ihm eine Menge zu erzählen.

ZUR MIETE

Eigentlich mag ich meinen Job. Ich mag es, mit Kunden zu plaudern, in der Cafeteria gut zu essen und unterschiedlichste Akten durchzuarbeiten. Doch auch ein Job, den man wirklich gerne ausübt und bei dem man gut verdient, kann einen mit der Zeit auslaugen, sodass man eine Auszeit braucht. Und ich hatte mich schon seit Wochen regelrecht hinter meiner Arbeit versteckt.

Vor etwas über fünf Monaten verstarb meine Mutter im Alter von 87 Jahren, drei Jahre nach meinem Vater. Als mein Onkel mich anrief, um mir dies mitzuteilen, war ich schockiert. Ich hatte das typische Gefühl, als ob jemand zu dir kommt und dir den Boden unter den Füßen wegreißt. Als ob dir jemand mit voller Wucht in die Magengrube schlägt und ein klaffendes Loch hinterlässt. So schlimm fühlte es sich für mich an.

Ich hatte einen sehr engen Draht zu meinen Eltern. Schließlich war ich ein Einzelkind, und auch mit weit über 30 besuchte ich die beiden in ihrem großen Anwesen, sooft ich nur konnte, obwohl ich mittlerweile ein eigenes Leben führte, im eigenen Haus, mit meiner eigenen Frau. Mir war nicht entgangen, dass ihr Gesundheitszustand sich immer weiter verschlechterte. Meine Mutter hatte in den letzten Wochen vor ihrem plötzlichen Tod Anzeichen von Demenz gezeigt. Das bereitete mir so einige schlaflose Nächte.

Als ich an dem schicksalhaften Morgen am Telefon hörte, dass meine Mutter einen Herzinfarkt erlitten habe und ihre Leiche erst Stunden später entdeckt worden sei, empfand ich eine nie zuvor da gewesene Trauer. Nach dem Tod meines Vaters hatte ich mich stärker auf meine Arbeit fokussiert, um der bitteren Realität des unendlichen Todes zu entfliehen, doch damals war wenigstens meine Mutter für mich da, mit der ich den Schmerz hatte teilen können. Und nun, wo beide fort waren, fühlte ich mich sehr einsam. So, als wäre ich plötzlich ganz allein auf der Welt, obwohl das nicht stimmte.

Meine Frau Maria versuchte ihr Bestes, mich irgendwie zu trösten oder abzulenken. Sie meinte, dass mich vielleicht eine Reise auf andere Gedanken bringen könnte. Als ich eines Tages nach Hause kam, hatte sie schon Dutzende Angebote für irgendwelche Luxushotels in Dubai, Tokio und Singapur rausgesucht, sodass ich lediglich mit dem Finger auf eines zeigen musste, und die Reise wäre fix gewesen.

Doch das wollte ich nicht. Solche Reisen waren einfach nicht mein Ding. Während Maria Luxus liebte, war ich anders erzogen worden. Meine Eltern hatten mir stets beigebracht, zurückhaltend und bodenständig zu sein, auch wenn wir durch die Firma meines Vaters wohlhabend waren. Aber Hotels, in denen mir jemand die Tür aufhält und mein Zimmer dreimal täglich säubert, brauchte ich nun wirklich nicht.

Außerdem hatte ich gar keinen Kopf für derlei Dinge. Statt zu verreisen, entschied ich, dass mir die Arbeit schon irgendwie über den Verlust hinweghelfen würde. Oder mich zumindest davon ablenken.

Seit dem Tod meiner Mutter ging ich täglich früher zur Arbeit und lud mir Unmengen an neuen Aufgaben auf, um meine Überstunden begründen zu können. Meist war ich die erste Person im Büro und die letzte, die das Gebäude verließ. Aus meinen vertraglich vereinbarten acht Stunden pro Tag wurden so zwölf oder dreizehn. Zu Hause fiel ich dann oft einfach ins Bett, um am nächsten Tag erneut früh aufzustehen.

Und so ungesund das Ganze auch klingen mag, es half mir tatsächlich. Solange ich Termine und Aufgaben hatte, blieb mir keine Zeit dafür, über traurige Dinge nachzudenken. Selbst an Wochenenden suchte ich mir zusätzliche Arbeit oder traf Vorkehrungen für die Beerdigung. Traueranzeigen schalten, Grabstein bestellen, Nachlassverwaltung mit dem Anwalt, Einladungen zur Bestattung verschicken und so weiter und so fort. All diese Dinge erledigte ich nebenbei, damit sie mich nicht in ein Loch zögen, aus dem ich vielleicht nicht mehr herauskäme. Besonders die Nachlassfragen stellten ein Problem dar, da ich am liebsten das ganze Erbe ausgeschlagen und das Geld an wohltätige Organisationen überwiesen hätte. Maria war nicht sonderlich begeistert von der Idee, und wir stritten uns häufig darüber. Es tat mir einfach weh, über mein Erbe und dergleichen nachzudenken.

Nach fünf Monaten, in denen mein Leben aus nichts als Arbeit bestand, kam ich völlig entkräftet nach Hause und wollte einfach nur schlafen gehen.

Doch meine Frau Maria erwartete mich im Flur – mit einer ernsten Miene, die ich im Laufe der letzten Tage schon häufig gesehen hatte. Natürlich war sie genervt, dass ich so wenig zu Hause war. In den vergangenen Monaten hatten wir kaum gesprochen, ich war mit ihr nicht mehr ausgegangen und fragte sie auch nicht nach ihrem Tag. Ich musste mir eingestehen, dass ich momentan wenig Interesse an unserem Eheleben hatte. Doch nun war der Moment gekommen, in dem sie wahrscheinlich überkochen würde. Daher machte ich mich darauf gefasst, dass sie mich jede Sekunde anschreien würde, doch stattdessen tat sie etwas anderes.

Sie sah mich an, schloss die Augen, atmete tief durch und sagte mit sanfter Stimme: „Schatz. So geht es nicht mehr weiter. Du machst dich kaputt."

„Ich weiß, ich weiß", seufzte ich und hängte meine Jacke an den Kleiderhaken.

„Das sagst du immer!", entgegnete sie aufbrausend. „Langsam mache ich mir wirklich Sorgen."

„Ich schalte bald einen Gang zurück, okay? Ich brauche das gerade einfach, das hab ich dir doch erklärt", antwortete ich, in der Hoffnung, dass das Gespräch rasch vorbei sein würde und ich ins Bett fallen könnte.

Doch dieses Mal gab sie sich nicht so schnell geschlagen. „Darum geht es nicht. Jedenfalls nicht nur. Du musst mal abschalten, und deswegen hab ich uns einen Urlaub gebucht." Sie zog ihr Handy aus der Hosentasche.

„Du weißt doch, dass ich das nicht …", setzte ich schon an, als sie mir ins Wort fiel.

„Ja, ja. Du wolltest keinen Luxusurlaub, in einem schönen Hotel, mit großem privaten Pool und tollem Essen, ich weiß." Sie zeigte mir ihr Handydisplay, damit ich mir ihre Buchung anschauen konnte. „Deswegen hab ich so was auch nicht gebucht!“

Leicht genervt nahm ich ihr das Handy aus der Hand und sah mir an, was sie uns reserviert hatte. Zu meiner Überraschung war es wirklich kein Hotel in einer feinen Gegend, sondern eine Unterkunft in der Schweiz.

Der Bildschirm zeigte eine kleine Holzhütte, gefertigt aus Baumstämmen, die mitten in einem wunderschönen Wald lag. Vor der Blockhütte war ein Kiesweg, daneben ein kleiner Brunnen, und gelbe Wildblumen blühten auf dem Rasen darum.

„Was sagst du dazu?“, fragte Maria. „Die Hütte hat super Bewertungen. War jetzt außerhalb der Saison nicht teuer und liegt in der Natur.“

„Und in der Umgebung? Irgendwelche schicken Restaurants oder Clubs?“, fragte ich, während ich mir die Informationen zur Unterkunft durchlas.

Maria rollte genervt mit den Augen. „Nein, in der Umgebung ist absolut nichts. Der einzige Luxus, den diese Hütte bietet, ist Strom, Internet und ein Whirlpool.“

Mit einem Lächeln auf den Lippen sah ich sie an. Es war wirklich nett von ihr, so auf meine Wünsche zu achten. Und um ehrlich zu sein, gefiel mir diese Unterkunft sehr.

Abseits von allem mal ein paar Tage auszuruhen würde mir vielleicht helfen, auch wenn ich natürlich Angst davor hatte, dass meine verdrängten Gedanken mich einholen würden.

„Für wann hast du denn die Hütte gemietet?“, fragte ich, während ich nach den Daten in ihrem Handy suchte.

Sie nahm mir ihr Smartphone ab, lächelte mich an und sagte kurz und knapp: „Ab Montag für sieben Tage. Du sagst also lieber mal auf der Arbeit Bescheid, dass du nächste Woche Urlaub nimmst.“

„Montag? Das ist in vier Tagen! So schnell bekomme ich keinen Ersatz“, rief ich Maria hinterher, die in die Küche ging und das Essen aus dem Ofen holte.

Durch die offene Tür antwortete sie mir: „Ich bin mir sicher, die kriegen das geregelt! Also hopp, hopp, beweg deinen Po!"

Gerne hätte ich weiter protestiert, doch Maria hatte recht. Ich hatte aktuell keine dringenden Aufgaben. Die hatte ich die letzten Wochen alle schon erledigt. Für nächste Woche stand nur ein Termin mit einem Kunden an, den problemlos ein Kollege übernehmen könnte. Darum zog ich mein Handy aus der Jackentasche, schlüpfte aus den Schuhen und notierte mir im Kalender, dass ich morgen für die kommende Woche Urlaub beantragen würde.

Und dann, ein paar Tage später, begab ich mich mit meiner Ehefrau auf die knapp achtstündige Autofahrt zum Hittuwald, an der Grenze zu Italien. Online hatte ich mir bereits einige Fotos von dem ältesten Lärchenwald der Schweiz angesehen und musste zugeben, dass er wirklich wunderschön aussah. Maria schaute die meiste Zeit der Fahrt auf ihr Handy, oder wir plauderten über irrelevante Dinge. Was ich ein wenig unfair fand, war, dass sie mir vor Beginn des Urlaubs mein Smartphone weggenommen hatte. Sie meinte, ich würde sonst die ganze Zeit meine E-Mails prüfen. Damit ich den Job wirklich mal hinter mir ließe, steckte sie das Handy in ihre Handtasche. Ihres benutzte sie aber wie sonst auch.

Und dann war es endlich so weit. Nach einigen Kilometern, die nur über unbefestigte Waldwege führten, auf denen sich unser Auto schnell festfahren könnte (die nächste Hilfe war über eine Stunde Fußmarsch entfernt), kamen wir an unserer Blockhütte an.

Und sie war wirklich genauso schön wie auf den Bildern. Idyllisch schien die Sonne auf die Hütte, die umstehenden Lärchen und den kleinen See hinab. Die Spiegelung auf der Oberfläche ließ das Wasser regelrecht funkeln. Hätte jemand behauptet, dass hier Feen und andere Sagengeschöpfe versteckt vor der Zivilisation hausten, hätte ich es vielleicht sogar geglaubt. Es sah einfach wunderschön verwunschen aus.

Auf dem hölzernen Dach der Hütte wuchs etwas Moos,

und zwei Spatzen saßen auf dem Giebel und sonnten sich. Der Weg zur Eingangstür, neben der ich unseren SUV parkte, war mit Kies aufgeschüttet worden. Er führte zu einem kleinen Schuppen, der mit einem Vorhängeschloss verriegelt war, und zu einem wunderschönen Steinbrunnen. Direkt neben der Eingangstür lag Holz gestapelt, das vermutlich für den in der Objektbeschreibung erwähnten Kamin gedacht war.

Es fühlte sich wirklich an, als wäre ich in einem Märchen gelandet.

Ich sah Maria an, dass sie die Schönheit dieses Ortes wertschätzte, auch wenn sie das nicht so deutlich zeigte wie ich. Ihr Blick schweifte kurz über die Szenerie, sie machte ein paar Fotos mit ihrem Handy, begutachtete den Brunnen genauer, sah mich an und fragte: „Könntest du unsere Sachen reinbringen?"

Die Reise war ziemlich lang gewesen, und wir waren früh aufgebrochen. Erst als ich unser Gepäck aus dem Kofferraum holte, spürte ich, dass mir die Anstrengung der Fahrt doch etwas in den Knochen saß.

Während ich unsere Sachen hineintrug, bewunderte ich die überraschend moderne Inneneinrichtung. Zwar war im Inneren der Hütte viel helles Holz verbaut worden, das perfekt mit den weißen Wänden harmonierte, aber vom technischen Standpunkt her war das Haus bestens eingerichtet.

In der Küche gab es einen Kaffeevollautomaten, eine Spülmaschine und einen Kühlschrank mit Smart-Steuerung. Die Lampen konnten per Sprachbefehl über ein Smart-Home-Gerät eingeschaltet werden, und im Wohnzimmer gab es einen sehr großen Fernseher an der Wand.

Von außen würde man so eine Ausstattung nicht erwarten, aber es störte mich nicht. Eine Woche gänzlich ohne Technik wäre dann auch wieder nichts für mich gewesen.

Nachdem ich das Gepäck notdürftig im recht geräumigen Schlafzimmer abgestellt und mich kurz aufs Bett gelegt hatte, während Maria sich unten einen Kaffee zu machen schien, spürte ich, wie die Müdigkeit mich übermannte.

Bevor ich wusste, wir mir geschah, schloss ich die Augen und versank auf der Bettdecke in einen tiefen Schlaf.

Erst nach einigen Stunden wachte ich auf und hatte das typische Gefühl, dass ich weder wusste, wo ich war, noch, wie viel Uhr es gerade ist.

Leicht benommen richtete ich den Blick zum großen Panoramafenster und bemerkte, dass die Sonne gleich hinter den Bergen verschwinden würde. Nur noch einzelne Sonnenstrahlen ließen die Baumwipfel in einem rotgoldenen Glanz erleuchten. Ich vermutete, dass schon einige Stunden vergangen sein mussten, aber der Schlaf hatte mir sehr gutgetan.

Schwerfällig rollte ich mich vom Bett, streckte mich und ging zurück ins Wohnzimmer. Eigentlich erwartete ich, Maria dort mit ihrem Handy sitzen zu sehen, oder dass ich sie dabei erwischte, wie sie sich irgendwelche YouTube-Videos auf dem Fernseher ansah, so wie zu Hause sonst auch. Meist sah sie sich Beiträge von einem Kochkanal an, wo eine Frau mit pinken Haaren erklärte, wie man kalorienarme Muffins backen kann. Sie schaute sich diese Videos oft an, die Muffins hingegen hatte sie noch nie gebacken. Als ich das Wohnzimmer betrat, sah ich jedoch zu meiner Verblüffung niemanden.

„Maria?“, rief ich, um herauszufinden, wo sie war, doch ich bekam keine Antwort. „Maria? Wo bist du?“ Allmählich wurde ich nervös.

Ich ging in die Küche und schaute aus dem Fenster in den Vorgarten der Hütte. Eigentlich wollte ich nur sehen, ob sie draußen war und den recht warmen Abend genoss. Doch fehlte nicht nur von ihr jede Spur, auch unser Auto war verschwunden.

Ich wollte mein Handy aus der Hosentasche ziehen, um sie anzurufen, sie war leer. Mein Telefon lag weiterhin in Marias Handtasche, die sich mit ihr und dem Auto in Luft aufgelöst zu haben schien.

Ich hatte keine Möglichkeit, sie zu erreichen, und versuchte, mich zu beruhigen. Sie hatte sicher einen guten Grund, noch einmal loszufahren. Vielleicht hatte sie ihre Zahnbürste oder ein Ladekabel vergessen und wollte sich Ersatz im Supermarkt holen, der allerdings einige Kilometer entfernt war. Maria konnte auf sich aufpassen, und doch machte ich mir Sorgen um sie. Sie war schließlich meine Jugendliebe, die ich glücklicherweise auch meine Frau nennen durfte, da war eine gewisse Fürsorge begründet.

Der Gedanke, dass sie nur kurz einkaufen war, beruhigte mich, obwohl sie, sollte ich recht haben, vermutlich genervt heimkommen würde, weil sie den SUV durch das unwegsame Gelände steuern musste. Vor ihrer Rückkehr hätte ich etwas Zeit für mich. Kurz erwog ich, ein wenig spazieren zu gehen, doch wahrscheinlich wollte Maria die Gegend mit mir zusammen erkunden, und es wäre gemein, das ohne sie zu tun. Also entschied ich, ins Wohnzimmer zurückzukehren und mich auf das leicht zerwühlte Sofa fallen zu lassen.

Ein paar Sekunden blickte ich mich nur um. Ich sah mir die Pflanzen auf den Fensterbänken an, die die letzten Sonnenstrahlen tankten, schaute zum vermutlich handgefertigten Kamin aus dunklem Stein und bemerkte, dass ich erstmals seit dem Tod meiner Mutter absolut nichts hatte, was mich ablenken konnte.

Es ist schon merkwürdig, wie gut man Gedanken verdrängen kann. Doch egal, wie sehr man sie unterdrückt oder sich abzulenken versucht: Sobald man alleine ist, drängen sie sich in den Vordergrund. Vielleicht vergisst man sie eine Zeit lang, aber sie verschwinden nicht, sondern warten nur auf ihren Moment, um dann zuzuschlagen.

Während ich auf dem Sofa saß, dachte ich an früher. Spaziergänge mit meiner Mutter, Grillfeste mit meinem Vater, der darauf bestand, dass wir schon essen, während er das restliche Fleisch grillte, gemeinsame Abende vor dem Fernseher. Diese Erinnerungen kamen unvermittelt und schlugen über mir zusammen wie eine meterhohe Welle. Ich spürte, wie sich Tränen in meinen Augen sammelten und mein Atem flacher wurde, während ich realisierte, dass diese Zeiten vorbei waren, all die Gespräche und die Nähe für immer verloren.

Meine Lippen fingen an zu zittern, meine Mundwinkel fühlten sich immer schwerer an, gaben der Schwerkraft immer mehr nach.

Die Trauer wollte die Oberhand über mich gewinnen, doch ich war noch nicht bereit. Statt zusammenzubrechen und zu weinen, atmete ich tief durch, wischte mir die Tränen aus den Augen und griff instinktiv zur Fernbedienung. Wenn ich schon kein Handy hatte, das mich ablenken konnte, dann könnte es wenigstens der Fernseher tun. Ich drückte den großen roten Knopf auf der Fernbedienung, und mit einer kleinen Melodie schaltete sich der Bildschirm an und zeigte mir ein Menü. Es bot mir die klassischen Auswahlmöglichkeiten. Das normale Fernsehprogramm, unterschiedliche Streamingdienste, Mediatheken, YouTube und einen Webbrowser.

Letzterer weckte sofort mein Interesse. Zwar hatte ich Maria geschworen, die Arbeit ruhen zu lassen und ihr wie verlangt mein Smartphone übergeben, aber warum sollte ich nicht zumindest mal meine E-Mails checken, ob nicht irgendetwas Wichtiges vorgefallen war?

Mit den Pfeiltasten der Fernbedienung, einer sehr nervigen Steuerung, führte ich den Bildschirmcursor zum Browser und klickte ihn an. Sofort öffnete sich Google, und ich klickte auf die Suchleiste. Daraufhin erschien eine Bildschirmtastatur. Ich wollte die Domain meines E-Mail-Anbieters eintippen und gab als ersten Buchstaben ein „W“ ein.

Eigentlich war mein Verstand nur darauf fokussiert, das Ganze möglichst schnell hinter mich zu bringen, bevor Maria wieder heimkommen würde.

Doch vergaß ich diese Intention umgehend, als Google mir nach der Eingabe des ersten Buchstabens einige vorherige Suchanfragen als Vorschläge anzeigte.

„Wann fängt Leiche an zu stinken?"
„Wie viel Rattengift tödlich für Menschen?"
„Wo Leiche verstecken?"
„Womit Leiche zerteilen?"

Die Fragen leuchteten auf dem Bildschirm, und ich las sie ungläubig durch.

Die Suchanfragen schienen von einem Mieter zu stammen, der vor uns hier gewohnt hatte, aber warum hatte er so etwas wissen wollen?

Vielleicht hatte es sich um einen merkwürdig neugierigen Menschen gehandelt oder um einen True-Crime-Fan, der diese Themen genauer recherchieren wollte. Das waren zumindest die Erklärungen, die meinen ursprünglichen Gedanken verdrängen wollten.

Denn das Erste, was ich beim Lesen dieser Fragen dachte, war: „Hier scheint jemand einen Mord zu planen."

Anstatt mein E-Mail-Postfach aufzurufen, bewegte ich den Cursor auf die erste Frage der Suchergebnisse. „Wann fängt Leiche an zu stinken?"

Daraufhin öffnete sich eine Website mit unterschiedlichen Links, die zu den Antworten auf die morbide Frage führten. Ganz oben auf der Seite stand eine hervorgehobene Textvorschau, die es obsolet machte, einen der Links anzuklicken.

Dem Artikelauszug war zu entnehmen, dass eine Leiche schon kurz nach dem Tod einen strengen Geruch entwickeln konnte. Genauer ausgeführt stand dort, dass es sich um einen süßlichen Duft handelte.

Der mysteriöse Fragesteller hatte keine der darunter aufgeführten Websites angeklickt, daher vermutete ich, dass ihm der angezeigte Auszug bereits als Antwort genügt hatte.

Ich rief wieder die vorherige Google-Seite auf, um den nächsten Link anzuklicken.

„Wie viel Rattengift tödlich für Menschen?"

Ich hoffte sehr, dass es sich um einen neugierigen Menschen handelte, der nur eine oberflächliche Suche durchgeführt hatte. Doch als ich die Suchanfrage anklickte und Google mich zu den Ergebnissen weiterleitete, erkannte ich schnell, dass die Person nicht nur an vagen Antworten interessiert gewesen war.

Trotz der Textvorschau über den Link hatte er viele Artikel aufgerufen. Wer auch immer hier recherchiert hatte, wollte wohl genau wissen, wie Rattengift auf den menschlichen Organismus wirkte.

Ich spionierte meinem Vorgänger ein wenig nach, um die Antworten zu lesen, die er zuvor bekommen hatte, aber das Ergebnis war nicht sehr eindeutig.

Zwar wurde im ersten Textauszug erwähnt, dass der Mensch um die 350 Gramm Rattengift zu sich nehmen müsste, bis lebensbedrohliche Folgen zu befürchten seien, doch könne diese Menge nicht zufällig aufgenommen werden. Auf den anderen Seiten stand, Rattengift könne durchaus tödliche Folgen haben. Von Erbrechen über Bewusstlosigkeit bis hin zu lebensgefährlichen Hirnblutungen war alles dabei.

Vermutlich war der Auszug an Leute gerichtet, die befürchteten, versehentlich kleine Mengen des Giftes verschluckt zu haben, aber wer auch immer diese Fragen in Google eingegeben hatte, war nicht um die eigene Gesundheit besorgt gewesen.

Der Fragesteller suchte nach einer Mordmethode.

Erneut verließ ich die Seite, um die nächste Suchanfrage anzuklicken. Dieser Fall, sosehr er mich auch beunruhigte, fing an, mich zu faszinieren. Er half mir, für den Moment meine Trauer zu vergessen.

Ich wählte die Frage „Wo Leiche verstecken?“ aus und wurde auf eine Seite geleitet, wo der Fragesteller erneut viele Links angeklickt hatte.

Diesmal handelte es sich aber nicht um Tipps aus dem Internet, wie man einen Toten verschwinden lassen könnte. Vielmehr wurden unterschiedliche Artikel zu Mordfällen angezeigt, in denen die Leichen an besonderen Orten versteckt worden waren.

Der erste Artikel, dessen Link lila unterlegt war, da er schon einmal angeklickt worden war, berichtete von einem Mann, der seine Ehefrau im Keller einbetoniert hatte. Der zweite von einer jungen Frau in einem Fass voller Säure. Der dritte von einem jungen Mann, der von Freunden auf einer Müllhalde vergraben worden war, und so weiter und so fort.

Insgesamt sechs oder sieben Artikel hatte der Fragesteller bereits angeklickt, und sie alle handelten von grausamen Morden. Sie lieferten keine direkte Antwort auf die Frage, sondern eher Ideen, wie man eine Leiche verschwinden lassen könnte. Und dann, fast ganz unten auf der ersten Seite, stand noch ein letzter aufgerufener Link.

Ich besuchte diese Website ebenfalls und las dort von einem Mann, der seine Schwester im Streit strangulierte, bis sie ohnmächtig wurde. Aus Angst, dafür ins Gefängnis zu kommen, entschied er sich, ihren Körper in den alten, eigentlich stillgelegten Brunnen im Garten zu werfen und zu hoffen, dass niemand sie finden würde.

Und sein Plan klappte. Obwohl seine Schwester nicht tot war und am Grunde des Brunnens mit gebrochenen Knochen erwachte, hatte sie keine Möglichkeit herauszukommen. Das Haus war abgelegen, daher hörte niemand ihre Hilfeschreie. Sie trieb vermutlich zwei Tage lang in einer Brühe aus Schlamm, ihren Exkrementen und Regenwasser, bevor sie schließlich starb.

Dann folgte ein Abschnitt, der mich besonders schockierte.

Erst 22 Jahre später, als es starke Regenfälle gab und der Brunnen sich fast bis zum Rand mit Wasser füllte, fiel den neuen Besitzern des Hofes auf, dass ein Schuh an der Oberfläche trieb.

Sie selbst hatten den Brunnen als simple Deko betrachtet, doch als sie den Schuh aus dem Wasser holten, bemerkten sie, dass darin ein stark verwester menschlicher Fuß steckte.

Erst so viele Jahre später konnte die Leiche gefunden werden, und das nur durch einen Zufall.

Der Artikel war der letzte, den der Fragesteller angeklickt hatte, und das legte zwei Möglichkeiten nahe. Entweder reichten ihm die gesammelten Informationen aus allen Artikeln, oder, und vor dieser Möglichkeit fürchtete ich mich, der Fragesteller wollte mehr über einen der Fälle erfahren.

Um dies herauszufinden, ging ich zurück zur Suchleiste, löschte den zuvor eingegebenen Buchstaben und ersetzte ihn durch ein „L". Und tatsächlich war die erste Suchanfrage, die auftauchte: „Leiche in Brunnen gefunden."

Ein Klick auf diese Anfrage bestätigte meine schlimmsten Vermutungen. Ich erhielt Links zu Dutzenden Artikeln sowie Wikipedia-Einträge zu genau diesem Vorfall. Und alle Links waren bereits angeklickt worden. Wer auch immer diese Fragen also gegoogelt hatte, fand diesen Mordfall wohl besonders interessant.

Während ich mir einen der Artikel durchlas, indem die Tat in grausamem Detail beschrieben wurde, wurde mir eine Sache klar. Wer auch immer dies online recherchierte, hatte scheinbar den Wunsch, jemanden zu töten, das war für mich offensichtlich. Aber warum führte die Person diese Recherche in einem Ferienhaus durch? Hatten hier vielleicht zwei Leute einen Streit gehabt, und einer wollte den anderen schnell töten? Oder war alles von langer Hand geplant gewesen?

Als mir dieser Gedanke durch den Kopf schoss, war es, als würde mich ein Blitz treffen. Falls jemand in diesem Haus den Plan ausgeklügelt hatte und ihn auch hier hatte umsetzen wollen, war mir klar, wieso der Mordfall mit dem Brunnen so interessant für ihn gewesen war.

Ich strich mir nervös mit der Zunge über die Zähne, stand vom Sofa auf und näherte mich dem Fenster an der Vorderseite des Hauses. Und dort war er: Im Schatten der Berge, die die Sonne verdeckten, stand ein stillgelegter, alter Brunnen, aus dem man früher Wasser geschöpft hatte, der aber mittlerweile nur noch dekorativen Zwecken diente. Ein Brunnen wie der aus dem Mordfall, der den Fragesteller so interessiert hatte.

Was, wenn am Grund jemand lag und nur darauf wartete, gefunden zu werden? Während ich über diese Möglichkeit nachgrübelte und mir einzureden versuchte, dass das absolut unwahrscheinlich sei, bekam ich vor Aufregung ganz feuchte Hände. Auch wenn es nur den Hauch einer Chance gab, dass ein Vormieter hier einen grausamen Mord begangen und die Beweise im Brunnen versteckt hatte, musste ich die Sache überprüfen. Sonst würde ich die ganze Nacht nicht schlafen können.

Ich eilte aus dem Haus, lief auf Socken über die spitzen Kieselsteine, die sich teilweise in meine Fußsohlen bohrten, und wartete einen kurzen Moment, als ich beim Brunnen anlangte.

Ich schluckte schwer, beugte ich mich über den steinernen Rand und blickte in die undurchdringliche Schwärze hinab. Aufgrund des niedrigen Wasserstandes und der schlechten Lichtverhältnisse konnte ich den Boden nicht sehen.

Ich sog tief die Luft durch die Nase ein, um zu überprüfen, ob ich den fauligen Duft der Verwesung riechen könnte, doch ich nahm nichts dergleichen wahr. Falls dort unten tatsächlich eine Leiche läge, hätte es mich auch gewundert, wenn ihr Gestank bis an die Oberfläche hätte dringen können.

Ich malte mir grausige Bilder aus, von modernden Leichen und abgetrennten Körperteilen, die still im seichten Wasser trieben. So einfach konnte ich meine Sorge nicht begraben, ich musste mehr herausfinden.

Ich eilte ich in die Hütte und kramte in allen Schubladen nach einer Taschenlampe, deren Lichtkegel bis zum Grund des Brunnens reichen würde. Hätte ich mein Handy noch, hätte ich einfach die Taschenlampenfunktion ausprobiert, doch dieser Luxus war mir momentan verwehrt.

Nachdem ich fast alle Schubladen in der Küche durchwühlt hatte und beim Anblick jeder Schere und jedes Messers dachte, dass es die Mordwaffe gewesen sein könnte, fand ich eine kleine silberne Taschenlampe neben ein paar Gummibändern, einem Klebeband und benutzten Schwämmen.

Mit der Lampe in der Hand ging ich erneut zum Brunnen zurück, schaltete sie ein, leuchtete hinab und stellte fest, dass ihr Licht zu schwach war, um den Boden zu erhellen.

Mir kam jedoch eine andere Idee. Denn am Brunnen hing noch der hölzerne Eimer am Seil, den man früher hinabgelassen hatte, um Wasser an die Oberfläche zu holen.

Ich löste das Seil vom Henkel des Eimers und wickelte es um die Taschenlampe, so fest ich konnte. Ich musste einfach wissen, ob dort unten tatsächlich jemand lag.

Aufgeregt ließ ich die Lampe den Brunnen hinab. Je näher sich das Licht dem Boden näherte, desto nervöser wurde ich. Ich rechnete jede Sekunde damit, dass ich gleich in ein von Maden zerfressenes Gesicht starren würde.

Dann war es endlich so weit: Ich erkannte die seichte, bräunliche Brühe am Grund. Im ersten Moment war ich zwar beruhigt, dass niemand da unten lag und zu mir hochstierte, doch während ich das Wasser beäugte, erblickte ich etwas, das mir das Blut in den Adern gefrieren ließ.

Zwar hoffte ich, dass ich mich täuschte, doch tanzten einige weiße Objekte an der Oberfläche des trüben Wassers. Vor Schreck ließ ich das Seil zu tief hinab, die Taschenlampe tauchte unter, und ihr Licht erhellte für einen kurzen Moment die schwimmenden Objekte, ehe es gänzlich erlosch.

Meine schlimmsten Befürchtungen waren wahr geworden. Ich war mir in diesem Moment absolut sicher, dass der mysteriöse Fragesteller den Brunnenmord nicht grundlos recherchiert hatte. Er hatte etwas Schreckliches getan und gehofft, dass niemand es herausfinden würde. Doch diesen Erfolg würde ich zunichtemachen.

Ich zog die Taschenlampe wieder aus dem Loch, musste aber feststellen, dass das Wasser die Elektronik meiner einzigen Lichtquelle zerstört hatte.

Ich band die Taschenlampe los und befestigte das Seil wieder am Henkel des hölzernen Eimers.

Um meine Antworten zu erhalten, musste ich das, was dort am Grund lag, hochholen. Nur dann könnte ich mit

Sicherheit sagen, ob es Knochen waren.

Ich ließ den Eimer am Seil hinab, hörte, wie er auf dem Wasser landete und sich mit der vermutlich stinkenden, modrigen Suppe füllte. Als ich spürte, dass er deutlich schwerer geworden war, zog ich ihn wieder hoch.

Bei jedem kräftigen Zug am Seil drehte sich mir der Magen um. Die bloße Vorstellung an das, was sich mir langsam näherte, ließ mich am ganzen Körper erschaudern. Doch ich blieb entschlossen. Wer auch immer da unten lag, sollte nicht erst in Jahrzehnten entdeckt werden, dieser Fall musste aufgeklärt werden.

Ich hörte, wie der Eimer immer wieder an die Brunnenwand stieß und beim Aufprall Wasser herausfloss.

Gleich wäre er bei mir, gleich hätte ich meine Antworten.

Und dann war es so weit, der Eimer erreichte den Brunnenrand. Ohne hineinzublicken, kippte ich den Inhalt auf den Rasen.

Zwischen die gelben und roten Blumen, die wild im Gras wuchsen, ergoss sich eine tiefbraune, modrig stinkende Brühe, und während sie in den Erdboden sickerte, blieben nur noch ein paar weißbraune Knochen zurück.

Bei ihrem Anblick drehte ich mich instinktiv weg und kämpfte mit einem Brechreiz, stieß am Ende jedoch nur ein kräftiges Würgen aus.

Ein paar Mal atmete ich tief durch und hatte den Eindruck, das dreckige Wasser nicht nur zu riechen, sondern auch auf der Zunge zu schmecken, so stark war der Gestank. Es gab keinen Weg zurück, ich hatte Antworten haben wollen, und nun lagen sie vor mir.

Also drehte ich mich um, um den Fund zu betrachten.

Vor mir lagen einige feuchte Knochen, die die Überbleibsel eines schrecklichen Verbrechens sein mussten. Ich zog mir mein T-Shirt über Nase und Mund, um den Geruch zumindest geringfügig zu mildern, und betrachtete die Knochen genauer.

Was mich verwunderte, war, dass noch braune Hautfetzen daran hingen. Vorsichtig drehte ich den größten Knochen mit dem Fuß um und sah etwas, das ich nicht erwartet hatte. Die Fetzen, die ich zuvor als Haut identifiziert hatte, sahen bei näherer Betrachtung pelzig aus, wie eine dünne Schicht brauner Haare. Auch wenn ich den Knochen nicht direkt zuordnen konnte, war mir klar, dass es sich dabei um einen Arm- oder Beinknochen handeln musste. Ein Schädelknochen mit Behaarung sähe ganz anders aus.

Mit dem T-Shirt über der Nase ging ich in die Hocke und sah mir meinen Fund aus nächster Nähe an. Das war kein menschliches Haar, sondern dichtes braunes Fell.

Ich hatte die Überreste eines Tieres aus dem Brunnen geborgen.

Anhand der Knochen vermutete ich, dass es sich um ein junges Reh gehandelt haben musste, das wohl aus Versehen in den Brunnen gesprungen und nicht mehr herausgekommen war. Eine tragische Vorstellung, doch keiner der Knochen bestätigte meine Vermutung, dass an diesem Ort ein Mord verübt worden war.

Auch ein weiterer Tauchgang des Eimers brachte keine menschlichen Überreste hervor, stattdessen verteilte ich nur mehr stinkende Brühe und Knochenstücke neben dem Brunnen.

Um endlich wieder frische Luft zu bekommen, ging ich zurück in die Wohnung. Doch die seltsamen Suchanfragen wollten mir nicht aus dem Kopf gehen. Sie waren so spezifisch, so direkt. Wer würde so etwas einfach aus Spaß googeln, ohne den Wunsch, es auch umzusetzen?

Während ich in der Küche alle möglichen Szenarien durchdachte, schaute ich auf die spiegelnde Oberfläche des Schranks vor mir. Ich sah meinen grübelnden Blick, und erkannte, wie dumm ich doch war.

Ich hatte keine Anzeichen eines Mordes gefunden. Keine Leiche, kein Blut, keine Waffe. Ich hatte nur die Suchanfragen einer unbekannten Person entdeckt.

Vielleicht war es ein Autor gewesen, der Ideen für sein Buch brauchte, oder jemand hegte wirklich böse Gedanken, die er nie in die Tat umsetzte. So oder so gab es keinen Grund, mir den Urlaub zu ruinieren.

Ich hatte Maria versprochen, dass ich mich beruhigen würde. Dass ich etwas Entspannung in meinen Alltag einkehren lassen wollte.

Mir war klar, dass ich mich ablenken müsste. Wenn sie gleich heimkäme und sähe, dass ich wie ein Wahnsinniger das Haus auf den Kopf gestellt hatte, um eine Leiche zu finden, würde das unweigerlich in einer Diskussion über meinen Geisteszustand enden.

Nach einem tiefen Seufzer begab ich mich zurück zum Sofa, ließ mich in die Polster fallen, griff zur Fernbedienung und rief YouTube auf, statt weiter Suchanfragen fremder Personen durchzuklicken.

Wenn ich mich schon nicht selbst ablenken konnte, dann würden es wenigstens ein paar Videos schaffen, zumindest hoffte ich das.

Doch als sich die Startseite öffnete und YouTube mir eine Auswahl an Beiträgen zeigte, die mir gefallen könnten, fiel mir beinahe vor Schreck die Fernbedienung aus der Hand.

Von den Thumbnails diverser Videos lächelte mir fast immer ein und dieselbe Person entgegen. Die gesamte Seite war voller Beiträge einer pinkhaarigen Frau, die unterschiedlichste vegane und kalorienarme Rezepte präsentierte. Es war die YouTuberin, die meine Frau fast täglich verfolgte.

Erst jetzt wanderte mein Blick in die obere Ecke des Bildschirms, wo ich das Bild des eingeloggten Profils sah. Ein grüner Kreis mit einem simplen Buchstaben darin. Ein großes weißes M.

Ein Klick auf das Nutzerkonto bestätigte meine beängstigende Vermutung.

Ich war mit dem Profil meiner Frau angemeldet.

Ich kehrte zu Google zurück und stellte fest, dass sie sich auch hier mit ihrem Account eingeloggt hatte.

Während ich schlief, hatte sie vermutlich auf dem Fernseher ein paar Videos geschaut.

Das Schlimme war, dass nicht nur ihre bevorzugten Videos, sondern auch andere ihrer Daten gespeichert wurden.

Zum Beispiel ihre Suchanfragen.

All die verstörenden Suchergebnisse, die ich gefunden hatte, gingen nicht auf das Konto irgendeiner fremden Person. Meine Frau hatte all diese Links recherchiert.

In diesem Moment begriff ich auch, warum sie so gerne zu dieser Hütte mitten im Nichts hatte fahren wollen. Einfach nur, weil es hier einen Brunnen gab.

Ich grübelte darüber nach, warum Maria mich ermorden sollte. Natürlich stritten wir uns oft, aber wir wurden nie aggressiv. Die meisten unserer Meinungsverschiedenheiten kreisten um das Erbe meiner Eltern. Und als ich das realisierte, wusste ich, warum meine Ehefrau und Alleinerbin mich zwingen wollte, meine Erbschaft anzunehmen: Sie wollte mich aus dem Weg räumen. Schließlich war ich der Einzige, der ihrem ausschweifenden Lebensstil im Weg stand.

Während ich wie gebannt dasaß, zu schwitzen begann und krampfhaft meine Gedanken ordnen wollte, hörte ich plötzlich, wie Maria mit dem Wagen vor der Hütte vorfuhr.

Nahezu apathisch ging ich vom Wohnzimmer in die Küche und blickte aus dem Fenster hinaus in den Vorgarten.

Maria beäugte verwundert die Knochen neben dem Brunnen. Sie trug eine Tüte mit Einkäufen in der Hand.

Als sie sich langsam der Tür näherte, erkannte ich eine Verpackung, die halb aus ihrer Einkaufstüte ragte. Sie drückte sie tiefer in die Tüte, bevor sie die Haustür aufschloss.

Es war ein Paket mit Rattengift. Nur hatte ich im Haus gar keine Ratten gesehen.

WEICH

Halb verschlafen betrat ich mein Klassenzimmer und erblickte die üblichen Gruppen, die sich an den Tischen zusammengefunden hatten. Die zwei Mädchen mit den besten Noten besprachen ihre Hausaufgaben, noch bevor der Unterricht begann. Die drei Schüler, die an der Reihe waren, den Klassenraum zu Beginn des Tages zu säubern, bereiteten alles mit genervten Mienen vor. Dann gab es noch die üblichen Grüppchen aus Freunden, die an den Tischen verteilt standen. Ich selbst war erst vor zwei Monaten in diese Klasse versetzt worden, da ich wegen meiner schlechten Noten sitzen geblieben war, und das genau ein Jahr vor meinem Abschluss.

Natürlich war es ätzend, aber was sollte man machen? Problematisch war nur, dass man als neuer Schüler schwer Anschluss in einer Klasse fand, die seit Jahren homogen existierte und kein Interesse daran hatte, neue Leute aufzunehmen. Daher gehörte ich weiterhin zu keiner festen Gruppe, obwohl ich mich vereinzelt mit Schülern unterhielt und mich auch ganz gut mit ihnen verstand.

Als ich an diesem Tag allerdings den Klassenraum betrat, war etwas anders als sonst. Meine Mitschüler waren nicht in fröhliche Gespräche verwickelt. Man hörte kein Lachen oder Kichern wie üblich. Alle standen flüsternd beisammen. Das verwunderte mich, doch bereits ein kurzer Rundumblick verriet mir, was los war.

Ich hatte offenbar eine neue Sitznachbarin an dem Tisch, an dem ich bislang allein gesessen hatte. Eine junge Frau. Vermutlich 17 oder 18 Jahre alt, genau wie der Rest von uns. Sie hatte schwarze Haare, die auf ihr rotes Shirt fielen und scheinbar gar nicht enden wollten. Fast, als hätte sie sie noch nie zuvor geschnitten. Ihre Haut war nahezu schneeweiß, sie hatte dunkelrote Lippen und sah mit ihren dunkelbraunen Augen erst lächelnd zur Tafel und dann zum Fenster hinaus.

Noch nie zuvor hatte ich sie in dieser Schule gesehen, geschweige denn in dieser Klasse, und nun saß sie plötzlich dort.

Neugierig ging ich zu Nick, dem Klassenkameraden, mit dem ich mich am besten verstand. Er war ein lustiger Typ und daher sehr beliebt. Zudem war er sehr freundlich und die erste Person gewesen, die auf mich zugekommen war und mit mir gescherzt hatte.

„Nick?“, fragte ich ihn. „Wer ist das Mädchen da?“

„Hey. Ehrlich gesagt, hat sie sich uns nicht vorgestellt.“ Nick schaute vorsichtig zu ihr. „Aber angeblich handelt es sich bei ihr um Anatolia Kim. Tochter von Tian Kim, Gründer von Ruanran.“

„Der Creme-Marke?“, fragte ich verwundert.

„Cremes, Gesichtsmasken, Parfums, Shampoos und vieles mehr. Die Firma ist riesig!“, meinte Nick, der erst jetzt wieder den Blick von der jungen Schönheit abwendete.

„Und was macht sie hier?“

„Na ja, den Kims gehört ein Anwesen in der Nachbarstadt“, erklärte Nick. „Soweit ich weiß, ging sie dort auf eine Privatschule. Wieso sie jetzt hier sitzt, weiß ich nicht, aber Louisa hat mir vorhin ein Gerücht erzählt.“

„Und das wäre?“ Nun richtete auch ich meinen Blick auf sie und beobachtete, wie sie weiterhin in die noch schummrige Welt vor dem Fenster hinaussah.

„In der örtlichen Zeitung gab es vor Kurzem einen Artikel über ein Mädchen, das vom Internat Birkenhof verwiesen wurde, nachdem sie einige männliche Schüler zur Selbstverletzung verleitet haben soll“, erzählte Nick in ungewöhnlich ernstem Ton.

„Was?“, fragte ich entsetzt. „Das kann nicht sein, so eine Meldung hätte doch die Runde gemacht.“

„Nur wenige Exemplare der Zeitung wurden verkauft, bevor die Auflage aus den Regalen der Geschäfte genommen wurde“, fuhr Nick fort. „Vermutlich hat Herr Kim dafür gesorgt, dass die Meldung unter den Teppich gekehrt wird. Warum eine Tochter aus so reicher Familie jetzt hier ist, weiß ich aber nicht.“

„Vielleicht war ihr Vater böse auf sie, und das ist so etwas wie eine Strafe?“, mutmaßte ich.

„Mag schon sein.“ Nick dachte kurz nach. „Jedenfalls sie ist hübsch und deine Sitznachbarin, viel Erfolg!" Er lachte herzlich und klopfte mir auf die Schulter.

Ich atmete tief durch und ging zu meinem Tisch. Sie sah kein einziges Mal zu mir. Vorsichtig zog ich den Stuhl zurück, setzte mich neben sie und sagte freundlich: „Hi! Ich bin Mark!"

Ich lächelte sie an, doch sie wandte sich mir nicht zu. Kurz dachte ich, dass sie vielleicht in Gedanken versunken war und meine Vorstellung überhört hatte, doch dann antwortete sie mir doch noch.

„Guck mal da draußen." Sie hob die helle Hand und zeigte mit ausgestrecktem Finger aus dem Fenster, auf eine kleine Weidefläche neben dem Schulgelände. „Siehst du das Schaf?"

Ich blickte hinaus und erblickte ein Schaf, das friedlich früh am Morgen graste, ein Anblick, der sich mir häufig bot, wenn ich aus Langeweile draußen etwas Ablenkung suchte.

„Ja, was ist damit?"

„Sieht es nicht unfassbar weich aus?" Sie biss sich leicht auf den rot lackierten Daumennagel, und ihr Grinsen wurde ein wenig breiter.

„Hast schon recht. Ich denke mal, das haben Schafe so an sich", erwiderte ich, da mir keine bessere Antwort einfiel.

„Nicht nur Schafe", sagte sie schnell. „Auch wir Menschen können so sein." In diesem Moment wandte sie den Blick vom Fenster ab und schaute mich erstmals an. Ihre hatte ihre braunen Augen weit aufgerissen, das Gesicht nach wie vor zu einem breiten Grinsen verzogen. Bei ihrem Anblick wurde mir gleich klar, dass eine Art von Wahnsinn in ihr schlummerte, auch wenn ich das Ausmaß zu diesem Zeitpunkt noch nicht abschätzen konnte.

„Mein Name ist Anatolia. Freut mich." Ihr Blick wanderte von meinen Augen über mein Gesicht zum Hals, über den Brustkorb bis zu meinen Armen, die ich auf den Tisch gelegt hatte.

Ehe ich etwas erwidern konnte, kam mir Anatolia zuvor. „Darf ich dich anfassen?"

Die plötzliche Bitte überrumpelte mich ein wenig, und vermutlich sah sie mir das an.

„Nicht so, wie du denkst“, fügte sie hinzu und verdrängte damit jeden anzüglichen Gedanken, den ich haben mochte. Abrupt legte sie mir ihre rechte Hand an die Wange. Ihre Handfläche war unfassbar zart. Es fällt mir schwer, den Moment zu beschreiben. Ich hatte schon oft erlebt, wie zart Frauenhände sein konnten, doch noch nie hatten sie sich so angefühlt. Während ich, ein wenig peinlich berührt, die Berührung ihrer Hand auf meiner Wange genoss, schien sie eine gegensätzliche Empfindung zu haben. Ihr verzerrtes Grinsen wich einem leicht angewiderten Blick. Sie ließ die Mundwinkel hängen, zog die Stirn kraus, und ihre Augen verloren jeglichen Glanz und wirkten beinahe noch dunkler, als sie ohnehin schon waren.

„Rau“, sagte sie nur, als sie die Hand zurückzog und ihren Blick von mir abwandte.

Zu Recht fühlte ich mich ein wenig vor den Kopf gestoßen – das war schon fast eine Beleidigung. „Ist das schlecht?“, hakte ich nach.

Sie blickte weiter starr geradeaus. „Trockene Haut, Bartstoppeln, Unreinheiten. Wenn ich etwas verabscheue, dann raue Haut.“

Eine mehr als verwirrende Aussage, die meinen Eindruck, dass sie wahnsinnig sein könnte, nur unterstützte. Ich ließ die Sache auf sich beruhen und fuhr mit meinem Alltag fort wie gehabt.

Ein paar Tage verstrichen, und Anatolia und ich unterhielten uns häufiger. Ich konnte sie nie so recht einschätzen, wusste nie, was sie gerade dachte, und doch gewann sie einen besonderen Einfluss auf mich. Sie war wunderschön, anders kann ich es nicht sagen, und das war nicht nur mir aufgefallen, sondern auch den übrigen Jungs in der Klasse. Sie alle tauschten Handynummern mit ihr aus, schrieben ihr, kamen in der Pause zu ihr und vieles mehr. Bei allen tat sie dasselbe: Sie berührte ihre Gesichter oder Arme der Jungs, nur um sie dann mit einem nüchternen „Trocken“ oder „Rau“ abzuweisen. Sie antwortete uns weiterhin, wenn wir mit ihr sprachen, doch war klar zu erkennen, dass dieses Mädchen mit der makellos weichen Haut auf uns herabschaute. Vielleicht lag es am Testosteron, am gekränkten Ehrgefühl, oder vielleicht hatten einige von uns sogar leichte Anzeichen von Schmetterlingen im Bauch, aber die Jungs aus meiner Klasse fingen an, sich zu verändern.

Ehemals recht ungepflegte Schüler kamen plötzlich rasiert zur Schule, sodass nicht der Hauch eines Bartes zu sehen war. Der sonst dominante Geruch des klassischen Markendeos, das jeder benutzt hatte, da die Werbung versprach, Frauen wären bei diesem Duft hin und weg, wich dem Wohlgeruch parfümierter Cremes.

Jeder wollte von Anatolia wertgeschätzt werden. Wirklich jeder. Auch ich.

Als ich eines Tages in die Drogerie ging, um mir einen neuen Schreibblock zu besorgen, hielt ich unbewusst in der Kosmetikabteilung an. Mein Blick wanderte über die verschiedenen Produkte, bis ich die Creme von der Marke Ruanran fand. Ich schraubte die beigefarbene Dose der Feuchtigkeitscreme auf, und obwohl eine Silberfolie den eigentlichen Inhalt schützte, nahm ich deutlich den Duft wahr, den ich täglich an meiner Sitznachbarin roch.

Ich glaube nicht, dass ich in Anatolia verliebt war oder für sie geschwärmt habe, aber irgendetwas hatte dieses Mädchen an sich. Sie erweckte in mir den Drang, ihr gefallen zu wollen. Und so rasierte auch ich mich jeden Tag, cremte mich zu jeder Gelegenheit ein, merkte, wie meine Haut weicher und sanfter wurde.

Als ich nach einer Weile dachte, sie würde mich nun akzeptieren, bot ich ihr erneut an, mein Gesicht zu berühren.

Bevor ich sie kannte, hätte ich nie einfach so ein Mädchen gefragt, ob sie mich anfassen wolle, aber bei Anatolia war das anders. Ich wollte unbedingt von ihr berührt werden und dann ein Lächeln in ihrem Gesicht sehen. Und so legte sie mir, einige Zeit nach unserem Kennenlernen, erneut die Hand auf die Wange. Seltsam nervös schloss ich die Augen, spürte, wie die zartesten Finger der Welt mein Gesicht streichelten und sich dann wieder zurückzogen. Vorsichtig öffnete ich die Augen, sah in ihr angewidertes Gesicht, und hörte das Wort, das ich auf keinen Fall hören wollte.

„Rau." Sie wendete ihren Blick von mir ab und ließ mich ratlos zurück.

„Was soll das heißen, rau? Ich hab mir so viel Mühe gegeben!", sagte ich verzweifelt.

Sie hingegen ließ mein Entsetzen völlig kalt. „Du fühlst dich nun einmal rau an."

Für einen Moment dachte ich darüber nach, ihr Widerworte zu geben, im Grunde jedoch wusste ich, dass sie recht hatte. Zwar war meine Haut sanfter als zuvor, doch verglichen mit ihrer war sie so grob wie alte Eichenborke. Und so wie mir erging es auch meinen Mitschülern. Jeder wurde abgewiesen, einer nach dem anderen. Wir alle wollten verzweifelt ihre Anerkennung, und dann sagte sie eines Tages einen Satz, der etwas Schreckliches auslösen sollte.

„Wenn eure Haut zu kaputt ist, wie wäre es dann mit einer neuen?" Nach diesen Worten lachte sie laut los, denn sie wusste ganz genau, was sie mit dieser Aussage bewirken würde.

Als ich an diesem Tag nach Hause ging und mich in mein abgedunkeltes Zimmer setzte, trug ich erneut Creme im Gesicht auf und dachte über ihre Worte nach. Ich verstand nicht, was sie mit der neuen Haut meinte, bis ich im Internet recherchierte und etwas fand, dass meine Aufmerksamkeit erregte.

Neue Haut bildet sich nach kurzer Zeit auf Wunden. Verliert man etwa Haut durch eine Schürfwunde, entsteht an der Stelle eine makellose neue Hautschicht. Für ein paar Minuten saß ich da, dachte nach, wie man so etwas erreichen könnte, als mein Blick zu dem Nassrasierer wanderte, der direkt neben mir lag. Er lag in meinem Zimmer, da ich mich für Anatolia mehrfach täglich rasierte. „Man könnte dafür ja theoretisch die Klingen benutzen", erklang eine Stimme in meinem Kopf. Langsam nahm ich den Rasierer hoch und betrachtete die scharfe Mehrfachschneide. „Um eine neue Haut zu bekommen", vollendete ich den Gedanken und legte mir die Klinge an die Wange. In diesem Moment war ich nicht ich selbst. Ich war wie besessen von Anatolia und wäre wohl zu allem bereit gewesen. Doch bevor ich einen großen Fehler begehen konnte, hielt ich inne.

Ein Gedanke, den ich vorher ausgeblendet hatte, drängte sich in den Vordergrund. War ich gerade dabei, mich genau so zu verletzen wie die Schüler ihrer alten Klasse im Internat?

Die Klinge fiel mir aus der Hand und landete mit einem leisen metallischen Geräusch auf dem hölzernen Fußboden. Seit Tagen dachte ich nun schon wie besessen an Anatolia. Seit Tagen sehnte ich mich nach nichts anderem als ihrer Wertschätzung. Und in diesem Wahn hatte ich völlig vergessen, dass ihr bereits vor mir Jungs verfallen waren. Jungs, die offenbar bis zum Äußersten gegangen waren.

Es fühlte sich ein wenig an, als hätte ich mich aus ihrem Bann befreit, auch wenn ich weiterhin an sie denken musste.

Am nächsten Tag kam ich fünf Minuten vor Unterrichtsbeginn in der Schule an. Auf dem Plan stand Biologieunterricht, der in dafür vorgesehenen naturwissenschaftlichen Räumen stattfand. Die Tische waren hier mit vielen Dingen ausgestattet: Bunsenbrenner, Vergrößerungsgläser, Steckdosen, Waschbecken. Auch hier saß ich neben Anatolia. Doch als ich den Raum betrat, fiel mein Blick nicht als Erstes auf sie. Stattdessen blickte ich mit Entsetzen in die entstellten Gesichter meiner Mitschüler.

Sie hatten Pflaster oder Verbände im Gesicht, die getrocknete Blutflecken aufwiesen. Manche Mullbinden hatten sich gelöst und gaben den Blick frei auf Stellen, an denen die Haut entfernt worden war und verkrustetes Blut eine Schutzschicht bildete.

Manche meiner Mitschüler fehlten auch an diesem Tag, weil sie vermutlich ins Krankenhaus gebracht worden waren. Die Anwesenden mieden die Blicke der anderen. Man hätte meinen können, dass sie sich dafür schämten, sich für Anatolia verstümmelt zu haben, in Wahrheit jedoch lag es daran, dass ihre verkrustete Haut noch viel rauer war als zuvor die gesunde. Keiner blickte mir in die Augen, ich war der Einzige, der nicht diesem Wahnsinn verfallen war. Und so setzte ich mich neben Anatolia.

Sie blickte sich herablassend und hämisch grinsend im Raum um. Mich sah sie nur flüchtig an und sagte: „Du hast es ja nicht mal versucht. Schwach."

Dieser Satz erzürnte mich. Nicht, weil sie den anderen so viel Leid zugefügt hatte und ihre Tat sogar guthieß, sondern weil ich jetzt definitiv die beste Haut von allen hatte. Egal, was ich auch versuchen würde, egal, wie sehr ich mich anstrengte, ich würde ihrem Ideal nie entsprechen können. Ihrer so perfekten Haut, die ihr ganzer Stolz war. Und dann kam mir eine Idee.

„Fordere nichts von anderen, was du selbst nicht erreichen kannst", sagte ich kühl und versuchte, mir meine Verunsicherung nicht anmerken zu lassen.

Anatolias Grinsen verflog schlagartig, und sie starrte mich an. So wie jetzt hatte sie mich noch nie angesehen, und es fühlte sich an, als würde ihr Blick mich durchbohren.

„Deine Haut hat lauter Makel", fügte ich hinzu und schluckte schwer, als ihre wahnsinnigen Augen sich weiteten und purer Zorn darin aufloderte.

„Was fällt dir ein?", fauchte sie mich an. „Jahrelang habe ich an dieser Haut gearbeitet. Alles getestet, alles versucht, nur um so auszusehen wie heute. Meine Haut ist einzigartig."

Ich setzte alles auf eine Karte, griff nach ihrem entblößten Arm auf dem Tisch, zog eines der Vergrößerungsgläser hervor und richtete es auf ihren Unterarm. Und genau da fand ich, was ich gehofft hatte.

„Winzige Haare", erläuterte ich. „So klein, dass man sie kaum wegrasieren kann, sie würden immer nachwachsen."

Vermutlich wollte ich sie mit dieser Aussage ein wenig demütigen. Ihre Haut war unfassbar zart, nur eben nicht so perfekt, wie sie dachte. Ich hatte erwartet, dass sie mich ignorierte, den Arm wegzog oder mich mit einer abfälligen Bemerkung abspeiste. Doch nichts dergleichen.

Ihr Arm lag starr auf dem Tisch. Sie bewegte sich nicht. Achtsam wanderte mein Blick zu ihrem Gesicht, und ich zuckte zusammen, als ich ihre Miene sah. Sie hatte die Augen so weit aufgerissen, dass ihre Lider kaum noch zu sehen waren. Anatolias Mund war leicht geöffnet, und es sah so aus, als hätte sie gerade den Schock ihres Lebens erlitten.

Regungslos saß sie da, ich wusste nicht einmal, ob sie noch atmete. Mein Mitgefühl zwang mich, mit ihr zu reden und die Situation zu entschärfen. „So schlimm ist das nicht. Jeder Mensch ist so."

Sie hörte mir zu und sagte nur: „Doch. Das ist schlimm." Dann brach sie plötzlich in Tränen aus.

Die sonst so herablassende Anatolia war nur noch ein Schatten ihrer selbst. Bevor ich etwas sagen konnte, stand sie auf und rannte aus dem Klassenzimmer.

Den restlichen Tag über blieb sie verschwunden. Auch am nächsten Tag kam sie nicht zur Schule. Worte können kaum beschreiben, wie miserabel ich mich deshalb fühlte. Als sie auch am dritten Tag dem Unterricht fernblieb, ging ich zum Lehrerpult und fragte nach, ob mein Lehrer, Herr Wähling, wisse, wo sie sei. Er antwortete nur, dass die Schule sie nicht erreichen könne. Da sie alt genug sei und nicht mehr der Unterrichtspflicht unterlag, sei das ihre Entscheidung. Auf die Frage hin, ob ihre Eltern kontaktiert worden seien, stockte mein Lehrer kurz. Mit ernstem Blick sagte er, soweit er wisse, verbrächte Herr Kim die meiste Zeit in China und arbeite. Frau Kim, Anatolias Mutter, sei schon vor längerer Zeit verstorben. Anatolia lebe allein in dem Anwesen der Kims, daher gebe es auch niemanden außer ihr, den man erreichen könne.

Mit weiteren Erläuterungen hielt Herr Wähling sich zurück. Theoretisch hätte ich die Sache auf sich beruhen lassen können, doch hatte ich Panik. Panik davor, dass Anatolia einsam zu Hause weinte oder Schlimmeres getan hatte.

Darum suchte ich online die Adresse der Kims heraus. Dafür musste ich nur Namen von Anatolias Vater sowie unsere

Nachbarstadt eingeben, und schon erhielt ich einen Haufen Links, die mir die Antwort auf meine Frage versprachen.

Doch anstelle von Online-Telefonbucheinträgen fand ich Dutzende Nachrichtenartikel, die über zehn Jahre alt waren. Viele Zeitschriften, ob Lokalblätter oder Massenmedien, sie alle hatten über einen Vorfall im Anwesen der Kims berichtet.

Im Sommer 2013 fand man Frau Talya Kim leblos in ihrem Anwesen. Sie hatte sich erhängt. Meist war den Artikeln ein Foto zugefügt, das ein leeres Zimmer zeigte. Ein wunderschön, wenn auch altmodisch royal eingerichteter Raum. Mit großem Kamin und einem noch größeren Gemälde des Hausherren Kim Tian selbst.

Die meisten Nachrichtenmagazine begnügten sich mit dieser Information, teilten nur zusätzlich mit, dass Herr Kim sich zum Zeitpunkt des Suizids in China aufgehalten habe. Lediglich Frau Kim und die damals siebenjährige Tochter seien zu Hause gewesen. Eine Forenseite, die sich mit Mysterien und seltsamen Vorkommnissen beschäftigte, stach jedoch heraus. In den Kommentarspalten behaupteten viele Nutzer, dass die Nachrichtenartikel nachträglich abgeändert worden seien. Vermutlich erneut durch Schmiergelder von Anatolias Vater, der keine schlechte Publicity wollte.

Im Forum posteten manche Screenshots der ursprünglichen Artikel. Darin hieß es, dass die Ermittler vor einem Rätsel stünden. Denn Frau Kims Leiche hatte nicht an einem Seil gehangen. Stattdessen hatte sie im Badezimmer gelegen, blutverschmiert, ohne einen Fetzen Haut am Leib. Muskeln und Fasern waren zu sehen gewesen. Die Augenlider fehlten ebenso wie die dünnsten Hautschichten. Und die kleine Tochter der Familie, Anatolia, sei den Behörden zufolge völlig unbekümmert gewesen. Man fand sie in ihrem Zimmer, wo sie sich eincremte und grinste.

Da ich im Netz nichts über die weiteren Ermittlungen finden konnte, vermutete ich, dass auch die Polizei von Anatolias Vater Schweigegeld kassiert hatte. So ein Fall hätte höhere Wellen schlagen müssen.

Alles, was ich im Forum las, schockierte mich, und ich bekam ein ungutes Gefühl. Dass die Frau ihre Haut eingebüßt hatte, klang exakt wie das, was auch den Jungs aus meiner Klasse passiert war. Hatte Anatolia als so junges Kind schon die Fähigkeit besessen, Menschen zu solch schrecklichen Taten zu bewegen? Hatte sie tatsächlich ihre Mutter dazu getrieben, sich die Haut abzutrennen?

Ich wusste nicht, wie ich die Informationen verarbeiten sollte. War Anatolia wirklich dazu fähig, jeden Menschen so zu kontrollieren? Oder war sie einfach nur ein armes Mädchen, das absolut gefühlskalt wurde – traumatisiert vom Tod der Mutter?

Noch am gleichen Tag fuhr ich mit dem Fahrrad in die Nachbarstadt und besuchte das Anwesen der Kims. Es lag ziemlich versteckt am Ende einer Straße, in der offenbar sehr wohlhabende Familien lebten. Hier kam niemand her, der hier nicht wohnte, daher sah ich das Haus zum ersten Mal. Im Vergleich zu dem prächtigen Bauwerk auf den Artikelfotos war das Haus mittlerweile in die Jahre gekommen. Efeu schlang sich an der Hauswand empor. Die Fenster waren im Laufe der Zeit blind geworden, einige Dachziegel waren bei Stürmen vom Haus gestürzt und lagen zerbrochen im Vorgarten, der nur durch ein großes Gittertor einzusehen war.

Nervös klingelte ich und wartete auf eine Reaktion. Doch das Tor blieb verschlossen. Auch ein zweiter Versuch lockte Anatolia nicht hervor.

Ob sie einfach keinen Besuch wollte oder die Klingel kaputt war, wusste ich nicht. Daher entschied ich mich, auch wenn es einer Straftat gleichkam, über den Zaun aufs Grundstück zu klettern. Normalerweise hätte ich so etwas nie getan, doch für Anatolia machte ich eine Ausnahme. Rückblickend weiß ich bis heute nicht genau, ob ich noch in ihrem Bann war und deshalb nicht von ihr abließ.

Langsam schritt ich durch den überwucherten Garten, um den sich seit Jahren niemand mehr kümmerte. Ich überlegte, wie ich wohl ins Haus eindringen könnte. Ich suchte nach offenen Fenstern und erwog sogar, eins einzuschlagen.